「如果對象是你，也許我會想到夏日祭典去看看。」
沙優
SAYU
和吉田同居中的
蹺家女高中生。

「我是從仙台分部
調來的神田蒼。
請多多指教。」
神田蒼
KANDA AO
吉田高中時期的
前女友。

「看你朋友少得可憐兮兮的，
我就幫你登錄一下我的資料吧。」
三島柚葉
MISHIMA YUZUHA
吉田負責教育的
新人粉領族。

contents

後藤愛依梨 GOTO AIRI
吉田的上司，也是他長達五年的單戀對象。

「就是因為喜歡，
我才會覺得
自己不管做什麼
也都是白費工夫。」

刮掉鬍子的我與撿到的女高中生

3

しめさば

插畫／ぶーた

Kadokawa Fantastic Novels

第1話 愛戀

在人生之中，似乎僅擁有一次卯足全力的戀情。

是在什麼書當中讀到，或是從電視、電影裡看來的，這種瑣碎的小事我不記得了。只覺得從前好像有聽人這麼說過。

僅只一次卯足全力的戀情。

這番話說來好聽，我卻總有種突兀感。理由極其單純。

為什麼非要「僅只一次」不可，這點讓我想不透。

我會忍不住心想「戀愛這種東西，不是每一次都全力以赴嗎」。社會大眾的情形我無法一概而論，但最起碼我是這樣想的。

僅有過一次的交往經驗是在高二的時候。對方是大我一屆的學妹。當時隸屬於棒球社的我，受到擔任壘球社投手的她所吸引。幾個月以來我對她的愛慕之意苦苦地與日俱增，之後終於表白了。

記得學姊是個開朗的人，同時籠罩著莫名神祕的氛圍。我認為自己無論是在交往前後，都是為她這股一體兩面的奇妙個性所著迷。

而學姊對性的態度非常開放。當我們開始交往幾個星期後，學姊便有如不言而喻的道理似的向我求歡。儘管我一時感到困惑，可是在真心迷戀的學姊逼迫之下，我根本不可能按捺住高中男生的性慾，輕易地就和她發生關係了。

當然，我並不認為這是什麼壞事。和喜歡的人身心合一是件無比幸福的事，而且當時的我還挺雀躍的。學姊長得標緻又受歡迎，因此朋友也頻頻感到羨慕我。

只不過，我倆之間的關係在她畢業的同時，輕而易舉地劃下了句點。

學姊不再聯絡我了。她既未捎郵件給我，也沒有回應我所寄的訊息。

我見不著學姊的面，也聯繫不上她。這段關係便是所謂的「自然消滅」。我這個沒有多餘時間和金錢的高中生也沒辦法去追尋學姊，於是就此失戀了。

在學姊畢業後的一年期間，我有茫茫然地回憶起她許多次。

我是真心喜歡學姊，有意在她畢業後繼續交往，所以才會和她上床。同時自認為這也是今後要和她認真走下去的證明。

然而，在她心目中鐵定不是這麼想——每當我內心如是想，心情就會變得空虛。我們兩個人的戀愛觀念實在天差地遠，直到分手我都沒什麼察覺到這件事。

我的初戀伴隨著苦澀的回憶落幕後，大學期間我勤勉向學，並在求職時遇見了後藤

小姐。

之後的事情就用不著刻意回想了。

我又當真起心動念了。由於這場戀情是在認真工作之下同時進行，在我採取具體行動一親芳澤前花了不少時間，但我在這五年內一直帶著不變的熱情惦念著她。

正是因為我只有談過這樣子的戀愛，「僅只一次卯足全力的戀情」這句話總讓我想不通。

假如人生當真只會有一次這樣的戀情，那麼我是否已經竭盡心力了呢？就在高中時期那場戀愛，或是和後藤小姐這段感情之中。

即使我試著回想，也無法去比較哪邊更為毫不保留。

總之，這是我第二場像樣的戀情。先不論這次會不會開花結果，就算在這個當下有人問我是否會談下一場戀愛，我也完全無從想像。反倒甚至有可能回答：「不會。」

「那我呢？」

聽見背後傳來聲音，我回頭望去，見到了目前正和我同住的女高中生——沙優站在那裡。

「你是怎麼看待我的？」

「什麼怎麼看待……」

見到我吞吞吐吐，沙優嫣然一笑之後偏過頭去。她灑落在肩頭的髮絲，輕盈地隨著重力垂下。

沙優是忽然闖進我生活裡的異端分子，而我是她暫時的監護人。

我倆的關係顯然於法不容，但儘管如此，也沒有糜爛到發生了肉體關係的地步。這並非我努力為之，而是徹頭徹尾沒有那樣的念頭。

「可是吉田先生，近來感覺比起後藤小姐，你滿腦子都在思考我的事情呢。」

沙優彷彿在和我的內心對話般說著，於是我慌慌張張地看向她。

「妳在說什麼啊？」

「因為，難得有後藤小姐到家裡來這個好機會，你卻安排我們兩個見面，這樣很奇怪吧。只要把我趕出去，你就能和她兩人獨處，做許多事情啦。」

「不，這個……」

三島也有這麼對我說過。

只是，當時我絲毫沒有這樣的想法。我認為比起那些事，如果今後沙優也要待在家裡的話，我必須好好向後藤小姐解釋她的狀況。

「這表示……」

沙優再度像是窺探著我心中似的開口說道。

「比起後藤小姐，你想和我永遠待在一塊兒的意思？」

「啥？不……沒這回事……」

「噯，吉田先生。」

沙優露出有些妖媚的微笑說：

「對你而言，我是什麼人呢？」

*

「……田先生……我在叫你呀，吉田先生！」

「嗯啊……」

身體遭人搖晃的我，睜開了眼睛。明亮的光線毫不留情地入侵到我模模糊糊的視野之中，因此我瞇起了雙眼。

我就這麼挪動視線，於是站在床鋪旁的女高中生映入了眼簾。

「早安。」

是我的同居人沙優。我矇矓不清的目光看不清楚細微的表情，不過看來她是在苦笑的樣子。

「……早安。」

「你今天不知怎麼地叫都叫不醒呢。明明平常只要稍微戳一下就起來了。」

「……有這麼難叫嗎？」

「我喊了很久，還試著又戳又打的，但你就是不醒呀。所以我才會猛烈搖你，對不起喔。」

「不會，妳要是沒叫醒我，我就會遲到啦……」

也許是我張著嘴巴睡覺的關係，喉嚨乾渴不已，嘴裡還黏膩膩的相當不舒服。

「你作了惡夢嗎？」

「惡夢？」

見我對這番話歪頭感到不解，沙優連連點頭。

「感覺你很痛苦地呻吟著。」

「嗯……惡夢是吧……」

聽她這麼一提我便嘗試回想，可是腦袋依然迷迷糊糊的。

然而，我心中確實殘留著一股奇妙的感覺，好像起床前不久還在和某人對話似的。

只是，我記不起內容了。

「……我不記得了耶。」

「這樣呀……啊，好啦，趕快起來吧。動作不快一點，就沒時間吃早飯了。」

「喔。」

確認到我坐起身子，輕輕頷首的沙優小跑步到廚房去了。她喀嚓喀嚓地轉動瓦斯爐開關，給鍋子加熱。

側眼瞄著這一幕的我從床上站起身，大大地伸了個懶腰。

她所煮的早餐已經端上起居室的桌子了。沙優拿著勺子，攪動那鍋正在加熱的味噌湯。我將視線投向沙優身上，但她本人並未察覺。

有沙優在的生活，已經完全變得理所當然了。

但總有一天她會離去而恢復原樣。

這對我們倆都是好事，同時也是正確的。

剛起床，這種思緒就不斷在我腦海裡打轉，於是我搖了搖頭。

事到如今，我怎麼還覺得內疚啊？這樣子的關係，打從一開始就錯了。但我明知如此，依然主動選擇了這條路。

必須走回對的方向才行。

不僅是為了沙優，也是為我好。

我快步走向盥洗室，利用自來水洗了把臉。

感覺在冰涼的冷水沖洗之下，我起床之後那股有如蒙上一層霧靄的意識，才終於撥雲見日了。

第2話 高級轎車

「嘖，出現這種題型啦。」

打工的休息時間，麻美在辦公室桌上攤開參考書用功著。

她忽然咂了個嘴，因此我的注意力暫且離開了自己筆記本上的算式。

「咦？」

「我是說這個啦，這個。」

麻美把參考書朝向這邊讓我看，而後指著頁面的其中一部分。乍看之下，那是現代文的問題。我喃喃地將題目唸出來。

「豐太郎為什麼會說出邊線（A）的這種話來，請從以下選項中選出正確答案……咦，這不是很普通嗎？」

「的確是司空見慣的題目沒錯啦。」

麻美嘟起了嘴唇。

她把參考書拖回自己那邊，同時吐了口氣。

「但我就覺得『文章裡頭根本沒有寫理由呀！』這樣。」

「這題目是要妳去推敲沒寫出來的地方吧？」

「我也很清楚是這種題目呀，可是總覺得想不透呢。」

「妳不擅長這類題型嗎？」

聽我一問，麻美頓時先是愣了一愣，才搖頭否定。

「一點也不，或許反倒算是很專精吧。」

「那妳為什麼這樣子抱怨連連呢？」

麻美霎時間一副火上心頭似的皺起眉頭後，拿自動筆敲打著自己的筆記本，同時開口回應：

「我可不是不會解題才在發牢騷喔。妳看，我就覺得這什麼『選出正確答案』很讓人火大嘛。」

麻美格外用力地以自動筆敲向筆記，而後緩緩表示：

「明明就沒寫出來，誰曉得什麼是對的呀？我們哪知道什麼弦外之音對當事人來說是正確答案呢？」

麻美這番話，感覺忽然變成了一個另有所指的提問，令人難以回應。而她自己似乎也注意到這點了。只見她露出猛然驚覺的神情，之後像是要蒙混帶過似的繼續把話說了下去。

「呃，如果試題是這部小說的作者出的，那他就會曉得啦。」

「嗯……畢竟題目不是作者出的嘛。感覺也不像有訪問過他。」

看向以小小的字體寫在題目後方的出處，很明顯小說的作者已作古。

看來麻美是在氣這個既非作者亦非登場角色本人的出題者，在題目裡利用「正確答案」此種斬釘截鐵的話語來描述角色當時的心情。

「過世的作者鐵定也覺得『不，我才不是抱著那種念頭寫的啦』這樣唄。」

「我想絕對不是那種口氣，不過或許是如此吧。」

麻美對我的回答咯咯大笑了一陣，而後她啪一聲闔上了參考書。

「沒勁了，先暫時休息一下。」

她若無其事地說完後，轉動著擱在一旁的寶特瓶蓋子，大口喝起飲料來。

「話說回來，辦公室的冷氣超破舊，真是爆熱的啦。沙優妹仔，這麼熱妳居然一滴汗也沒流，真不簡單。」

聽麻美一說，我便看向她的額頭，發現上頭浮現著薄薄一層汗水。

的確，辦公室所設置的冷氣和店裡的不同，明顯是性能比較差勁的小型機種。像今天這種氣溫非常高的日子，儘管不若外頭那麼熱，卻也經常會變得悶悶熱熱的。

要說會熱也確實沒錯。但我摩擦自己的額頭，發現只是稍微有點黏黏的，並沒有汗水沾在手上。

當我半張著嘴摩擦額頭時，麻美忽然露出奸笑說：

「這時候，荻原沙優為什麼會摩擦額頭，請從以下選項中選出正確答案。」

「呵呵，什麼跟什麼呀。」

麻美明擺著出言調侃後，再次嘻嘻笑了起來。受到她的影響，我也不禁發笑。

我忽地看向時鐘，才知道已經休息快三十分鐘了。我今天排的是短班，因此休息時間只有半個小時。

「我差不多該出去了。」

我闔上原先打開的筆記本後，前去打卡。

「加油啦。」

麻美已經再度翻開參考書，並將目光落在上頭了。不知何故，這副模樣看在我眼中十分耀眼，令我瞇起了眼睛來。

我把襯衫敞開的兩顆鈕釦重新扣到最上面，才開啟辦公室的門。店裡冰涼的冷氣，讓我一瞬間起了雞皮疙瘩。

「一共是六百四十八圓……啊，您要用電子貨幣是嗎，請稍候……好了，麻煩您觸

碰感應一下。謝謝您。您需要收據嗎？謝謝惠顧。」

我從辦公室來到店內，便聽見矢口謙恭有禮的聲音。那語調比平時略高了些，還帶有鼻音。我側眼確認到客人是女性一事，便自個兒放鬆了嘴角。他唯有在中意的女性來店裡時，聲調才會提高。

冷氣涼颼颼的店內和辦公室截然不同，甚至會讓穿著短袖超商制服的員工覺得冷。感覺自己稍稍豎起寒毛，一邊默默地上架貨品。

已經完全來到夏天了。

我沒有暑假這種東西。追根究柢，並未致力於學業的我，和一個隨時都在休假的學生似乎沒什麼兩樣。

麻美排早班或午班的情形變多了，讓我意識到學生的暑假。

這樣呀，放暑假了嗎？

我還在規規矩矩地當個高中生的時候是那麼地期盼暑假，如今感覺卻和我八竿子打不著關係。

也由於放假的關係，麻美幾乎會天天到家裡來了。而她會翻開參考書，專心致志地用功著。這也難怪，高中三年級的她冬天準備要應考。即使講得保守點，她目標所在的那間大學文學部也相當難考。我也在認真讀書的她身旁，解著吉田先生買來的參考書題庫，度過這段時間。

應考。

這個詞和暑假一樣，聽起來令我覺得事不關己。

我有在念書。沒有處理家務的期間我沒什麼其他事情好做，所以我會利用市售參考書茫茫然地跟著高三學生的進度學習。只能透過學校購買的參考書我自然是留在北海道了，因此若被問到我的知識量是否和就學者一樣，答案當然是NO。但我認為就算是這樣，也比完全不讀書要好。

話雖如此——

假如有人問我是否要應考或升大學，我無從回應。況且，我不曉得自己一個人該怎麼辦理報考手續。不僅如此，我也沒有意願動手調查。

儘管我向吉田先生表示「會去思考未來的事情」，可是愈去考慮現實狀況，我果然會有種腳步虛浮的感覺。拋下高中生這個身分的我，今後該如何是好呢？

我會回到自己家……那個有父母親在的家。這是我當下最應該認真考慮的目標。然而，一旦達成之後呢？我該如何是好？未來的遠景是一片空白。

「啊……」

甫一回神，我發現零嘴上完架了。我看向時鐘，只見時間已經過了上午十點。

要就這麼順勢上架食玩倒也無妨，只是我想在中午前先把飯糰或三明治這些午間暢銷商品的貨架整理好。

我也慢慢地習慣了打工的工作內容，漸漸會自己思考優先順序來調整作業的先後次序了。

收銀檯附近的搬運籃，堆滿了三明治之類的產品。當我走到那前面時，人在櫃檯的矢口低聲說著「來來來」並向我招手。照理說目前店裡只有我們兩人，他有必要壓低聲音嗎——即使我心中如此納悶，依然靠到他身邊去。

「妳看得到外面停了一輛黑色高級轎車嗎？」

矢口只把視線朝向外頭，而後小小聲說道。我也跟著看過去，發現確實有一輛黑漆漆的高級轎車停在超商前的車道上，而沒有開進停車場裡。

「的確有呢。」

「那輛車最近天天來，卻又沒有買任何東西走。我不時會望過去瞧瞧，就覺得戴了墨鏡的可怕駕駛好像在看我這邊。」

語畢，矢口揪住自己的雙肩，做出身子顫抖的動作。

「呃，既然人家有戴墨鏡的話，那就不曉得他是否在看這邊了吧？」

「不，是這樣沒錯啦，但我隱隱約約有那種感覺。」

我再度看向車子，只見後座的窗戶是深色玻璃，看不到裡面。坐在駕駛座的人，是個戴了墨鏡的光頭男子。確實很有壓迫感。

當我直愣愣地盯著瞧的時候，司機的頭稍微動了一下。由於他戴著墨鏡，我看不見他的視線，但不知為何連我都有種和他對上了眼的感覺，於是連忙別開目光。

「該不會是便衣警察之類的吧？」

「警察？」

「你想想，你女伴一個接一個，換了太多人。」

「咦，他們是在追蹤我？」

「不，自願上床不是犯罪啊。」

矢口一瞬間露出慌張失措的模樣，而後忽然搖頭說：

「這是該信心滿滿說出口的話嗎……」

「何況提到偵防車，一般會選擇豐田Crown或速霸陸Legacy這類更輕巧便宜的車種吧。那輛可是賓士耶。」

雖然聽他這麼說，但我對車子不熟，乍看也不曉得車種和廠商。

「不過，反正車道很寬敞，他停在那裡也能夠從旁邊過去，而且也沒有在停車場裡亂停，放著不管就好了啦。」

矢口講到這兒，櫃檯後方油炸機的計時器響了起來。他把裝了炸雞的鐵網從機器裡拿起來，同時語重心長地低聲喃喃道：

「好令人在意喔。」

我含糊不清地頷首回應後走到收銀檯外面，重新回到三明治的上架工作上頭。

心不在焉地思索著那輛車每天停在同一個地方的理由。

最容易理解的，是他有事找這家超商。但就矢口所知，對方一次也沒有來購物過。若是如此，那麼可能是車主有其他目的地，只是停在這裡當成中繼地點。因為這家店就在恰好的位置。然而如此一來，不停在超商停車場裡感覺顯得更奇怪了。

似乎聽見引擎聲，我轉頭看向外面，結果那輛高級轎車不知道開到哪裡去了。

「車子開走了耶。」

「咦？……喔，真的耶。」

明明是自己提到這個話題，那輛車的事情看來已經徹底排除在矢口的意識之外了。

他先是舉止悠哉地看著外頭，才聳了聳肩說：

「他明天是不是也會來呢？」

「如果什麼都沒有要買，那不用來也沒關係。」

「真的。」

就在這段對話結束的同時，我的注意力也完全切換到工作上面了。

不知為何，和別人交談的時間過得很快，我看向時鐘才發現過了十五分鐘。

在中午之前，來把三明治、飯糰還有麵包這些東西上架完畢吧。

開始俐落地動起手來之後，高級轎車的事便從我腦海之中消失了。

第3話 調動

啊，他打了一個大大的呵欠，之後大口喝著罐裝咖啡。

吉田前輩原本就不是個雙眼炯炯有神的人，可是今天卻比平時還要了無生氣。會是睡眠不足嗎？

不，毫無興趣——更進一步地說，睡覺就像是嗜好的他，有可能會睡得不夠嗎？我仔細地回想一番後，發現吉田前輩一大早就睡眼惺忪的樣子極其罕見。

昨天晚上是否發生了什麼事？如果要說到會是什麼狀況……

「三島。」

「啊，什麼事？」

忽然有人從背後戳了我肩膀，害我嚇了一跳。我留意著不要讓思緒遭打斷而惱火的模樣寫在臉上，轉過頭去便看到小田切課長站在那裡。

「先前我拜託妳做的事……」

「啊，我有處理好嘍。想說等開始上班後再寄郵件過去。」

聽聞我的答案後，課長霎時間愣了一愣，才反覆點頭回應。

「喔……喔喔……這樣啊、這樣啊。」

「您怎麼了嗎？該不會是已經不需要了吧？」

「啊，不，不是那樣。」

課長先是搔抓著頭，之後才把話講下去。

「我是在想說，妳最近粗心大意的失誤變少了呢。」

「粗心大意……是嗎？」

「對對對……印象中以前就算我託妳做這種事，事後確認妳也多半都沒有做。」

「啊……喔……原來如此。」

聽課長這麼說，我也不禁認同了。

的確，從前我口口聲聲說自己是不小心的，卻故意扮演一個「脫線的傢伙」，所以這也是理所當然的。

「不用說，看到妳願意認真做事，我很開心喔。之後再拜託妳寄信了。」

「啊，好的！我會先寄過去。」

課長燦爛一笑，才回到自己的座位去。

回想起來，課長並沒有徹底放棄「沒用的我」，而是承認我「就是這樣的人」，必要事項都會來找我做二次確認。

感覺有點對不起他呢——我感到過意不去。

儘管還沒到上班時間，我仍然開啟了公司內部郵件的畫面，迅速附上資料，並開始撰寫內文。

自從第一次和吉田前輩到居酒屋，並彼此暢談心底話那天起，他就絕對不容許我偷工省事了。不，他原本就沒有允許我那麼做，可是原先判斷我做不到的地方會立即接手完成，現在卻會讓我做到結束為止了。

儘管到頭來這令我的工作量明顯增加，對我的負擔卻沒有想像中那麼大。反倒是用不著隨隨便便地放低姿態，或許可以說讓我的精神層面輕鬆了不少。

加上簡短且鄭重的文章後，我以電子郵件把資料寄給課長了。

在開始上班前就處理公事，以前根本無法想像呢——如是想的我在心底啞然失笑。

接著我再度抬起視線看向吉田前輩那邊，於是見到他的目光落在左下角。

他又在玩手機了。

不知何故，他總是會在低於桌面的位置用手機。公司明明就沒有禁止，難不成他是心裡有鬼嗎？

總之，由於吉田前輩操作手機的位置要比電腦低許多，儘管頭部位在螢幕上方，卻只有視線放在特別低的地方，因此他在玩手機的時候相當一目了然。

他會使用手機的理由只有一個，那就是以通訊軟體和別人交談。而那個「別人」，有八成機率是沙優。

沒錯，我依然不曉得吉田前輩的私人聯絡方式。我很清楚在戀愛之中，無法在公司外頭取得聯繫是個相當不利的條件，但對象可是那個吉田前輩。縱使我單純地請他告知聯絡方式，感覺他也會泰然自若地說出：「不，除了公事之外我們沒必要聯繫吧。」一般被女方毫無來由地問到聯絡方式，會去思考自己所不明白的箇中理由，或是覺得「搞不好她對我有意思」不是嗎？太容易誤會的男人很麻煩，不過在這種局面當中，絲毫沒有那種念頭的人也很棘手。太難搞了。

我可以肯定的是，先不論當事人是否有所自覺，有頻繁交流的人會比較容易變得親密。這實在太過天經地義，用不著特地說出口。但我覺得這種基本的部分，後藤小姐和沙優都比我占有先機。尤其是沙優。

他們在家時不但隨時待在一塊兒，就連人在公司時，吉田前輩也在跟她傳訊息。兩人的距離感顯然很近。明明並非家人，卻構築起類似的關係。

讓他和沙優繼續這樣子的關係下去，毫無疑問不是個好主意。我無論如何都想在近期之內得到他的聯絡方式。

「好，那麼開始舉行朝會。」

後藤小姐威風凜凜的嗓音響徹在辦公室內，打斷了我的思緒。

平常她總是會以溫和的語調緩緩說話，但這種時候放聲大喊便會很響亮。

她的聲音成了訊號，使辦公室內的全體員工站了起來。

這是在一週的開始才會進行的朝會。講是這樣講，其實內容相當單純。只會報告每個月的目標達成度，以及傳達關乎全體的重要聯絡事項。

今天也只要規規矩矩站好，就會立刻結束了吧——我帶著這樣的念頭起立，卻發現狀況不太對。

除了公司代表人之外，平常不會到這個辦公室露面的人事部員工也站在前面。而他的身邊，站著一個我第一次見到的女子。

「好的，今天在跑平時的流程前，我先為各位介紹調來的同事。」

代表人以悠哉的語氣說道，於是人事部的男同事低聲向身旁的女子告知了些什麼。恐怕是「來做個自我介紹吧」這樣的指示。她輕輕點了點頭，而後向前踏出一步。

「我是從仙台分部調來的神田蒼。出差時我也從沒來過這裡，人生地不熟的。因此各位若能不吝賜教，我會很開心。請多多指教。」

她有一頭毫不掩藏捲度的黑髮，以及高挺的鼻梁和櫻桃小嘴。就女人的眼光來看，她也美得駭人。而且，感覺她的說話方式完全不排斥站在人前，是調來當管理職的嗎？不，那樣又顯得太年輕了。

「我會以基層人員的身分加入課長的專案，還請盡情使喚——」

她直爽的自我介紹，在辦公室裡引發了小小的笑聲。

儘管她果然並非管理職，各種舉止卻讓人感受到莫名的自信。也許她單純只是對自己有信心的那種人，但不管怎麼看，感覺個性都很剛強。

當我在心中苦笑，覺得不太想和她扯上關係的時候——

「咦？」

有人發出了略顯尖銳的嗓音。眾人的視線，往聲音來源聚集而去。

出聲的人是吉田前輩。

緊接著，那名站在前面的女子——神田也開口問道：

「咦……你該不會是吉田吧？」

她這句話令辦公室騷動了起來。

「怎麼，你們倆認識？」

代表人笑咪咪地詢問神田小姐，於是她頷首回應。

「他是我高中時期的學弟。」

「妳怎麼會在這裡……」

如此述說的吉田前輩，明顯一副心生動搖的模樣。

「有個熟人在，那就好辦了。如果妳有什麼問題，儘管問吉田吧。」

「好，我會的。」

附和了代表人那番話之後，神田小姐再次瞥向吉田先生，再把一隻手舉到腰際，對他投以嫣然微笑。這個動作，讓我心中有點疙瘩。我望向吉田前輩那邊，他也面露曖昧笑容點頭致意。

真奇怪。

昔日友人調職過來就算會感到驚訝，可是內心會波動成這樣嗎？吉田前輩那種慌張的模樣，令我有既視感。

簡直像是突然被後藤小姐叫去，在她座位前面談話時一般……

一思及此，我忽地想起後藤小姐的存在。她應該也有參與人事工作才對，後藤小姐對此事知不知情呢？

我並未改變身體面對的方向，僅把視線挪動到她的位子，隨後我嚇了一跳。

站在那裡的後藤小姐，臉上露出一張前所未見的表情。我憋著笑意，從她身上別開目光。

原來如此，後藤小姐也不曉得呀。

坦白講，真希望大家饒了我。

和吉田前輩的關係建立得比我要久的後藤小姐，以及最近驟然出現的沙優。光是被她們倆夾在中間就已經夠我成天勞心傷神了，這次竟然還來了一個高中學姊。

我不清楚這名女子和吉田前輩有什麼瓜葛。但看到他的反應，兩人的關係並非「沒有任何插曲的學姊學弟」一事便昭然若揭了。

我想說的話只有一句。

就是「拜託別再繼續給我增加對手了」。

我輕輕嘆口氣後再度看向後藤小姐，發現她臉上掛著一如往常的從容微笑。這個切換的速度還真不是蓋的。

能在眨眼間見到那種表情，或許算是稍稍賺到了——我在心底竊笑著。

接著我望向吉田前輩，便覺得不舒服了起來。

那張彷彿「心儀的學姊向自己攀談的高中生」一般的臉是怎樣？

第4話 捲髮

「吉田……舒服嗎？」

完事後，神田學姊一如既往地淺淺一笑，並按捺著些許凌亂的呼吸如此問道。

「很舒服。」

見我點點頭，神田學姊面露苦笑。

「你騙人。」

「我沒有。」

「如果很舒服，你應該會立刻射精吧。」

不——我發出低吟，搖頭否定這番話。

「這是兩碼子事。」

我把腰部往後退去，抽離神田學姊的身子。與此同時，她「嗯」一聲流洩出誘人的嘆息。

「我都說你可以不用戴套了呀。」

神田學姊側眼望著我正打算取下的保險套說。

「假如沒戴套的話，你會射得更快吧？」

「不能那樣啦。要是有個萬一的話——」

「就說我有吃避孕藥了嘛。」

神田學姊曾表示月經很「沉重」。不僅如此，還很不穩定。這令她煩躁不已，所以她有在吃避孕藥調整經期——雖然她有向我如此解釋，老實說我不太能理解。

即使吃了藥，也是有懷孕的可能——我有趁爸爸出門不在的時候，利用他工作的電腦調查過。

「你不喜歡我是吧？」

「就是因為喜歡，所以才不會無套上陣。」

神田學姊從床上坐起上半身，胡亂搔抓著那頭捲髮。

「我搞不太懂耶。既然喜歡，那至少會射在裡面吧。」

要我來說，這個價值觀才莫名其妙。我含混不清地笑了笑，接著搖搖頭。

「內射就表示想讓人生孩子吧？我還不想去考慮這種事情啦。」

語畢，神田學姊霎時間抽動了一下眉毛，而後「啊——」一聲發出鬆懈的聲音。

「所以說，只要有吃避孕藥就不會懷孕了啦。」

「明明沒有要生小孩，有必要射在裡面嗎？」

聽聞我的詢問，她先是略顯惱怒地低吟著，之後才露出苦笑，意圖蒙混過去。

「我想說直接做你會比較舒服。」

「不舒服也沒有關係。能和妳做這種事，我已經很幸福了。」

這是我的真心話。

儘管我絕口不提，不過老實說，和神田學姊做愛雖然滿足了我的內心，可是單純考量到「下半身」的快感強度，自己動手可是壓倒性地舒爽。我在和她之間的性行為所渴求的，是在不為人知之處獨占她的優越感，或是能夠看見她放蕩模樣的愉悅——諸如此類的事物。

神田學姊姑且展露笑顏面對我這番話語，可是無論怎麼看，她都不像是心服口服的樣子。

「吉田，你當真喜歡我嗎？」

「是啊。」

「既然如此，下次做就不要戴了啦。」

我不明白為什麼她如此堅持無套性交。或許是從神色領會到了我的心情，只見神田學姊露出惡作劇般的笑容說：

「我想看看你不戴套能撐多久才射。」

「我不會無套的。」

我斬釘截鐵地說完，學姊便嘆了口氣，側過頭去。

「為什麼？」

這是我要問妳的話。

我從剛剛就已經解釋過許多次了，為什麼妳還是不明白呢？我決定換個說法。

「這個嘛，我總有一天會那麼做的。」

我如此喃喃說道，神田學姊便再次把頭偏到反方向去。

「總有一天——那會是什麼時候？」

我沒有辦法立即回答這個問題。

我的鼻頭稍微癢了起來。

我以食指搔抓鼻子。

「等我……確實養得起妳之後。」

我低頭望向床鋪，小小聲地如此回答。這實在太令人害臊，羞得我滿臉通紅。

由於神田學姊不發一語，我便抬起視線看著她，於是發現她掛著我迄今從未看過的表情。

我無從判斷那是驚訝或恐懼。那副神情，簡直像是遇上了「未知生物」似的。和我對上眼的瞬間，神田學姊忙不迭地換上了笑容，可是臉色卻有些痙攣。

「吉田，你好沉重喔。」

神田學姊以好似在說「天空好藍喔」這樣的節奏，感慨地說道。

「不過就是這點可愛。」

神田學姊如此補充後，接著嫣然一笑。

「我很……沉重嗎？」

「喔，我的意思不是你不好喔。我認為就某種意義上而言，你這點很了不起。只是……」

神田學姊的目光此時在床單上游移，像是在選擇說法似的。

「我覺得你可以放輕鬆一點。畢竟我們是為了享受當下才交往的呀。」

「可是既然要交往，我會想珍惜妳。」

我的話語逗笑了神田學姊，而後她伸手搓亂了我的頭髮。

「我很開心。」

粗魯地撫弄我的頭髮一陣子之後，學姊又加上了一句：「不過——」

我抬起頭，和學姊四目相交。

有種心臟遭人緊緊揪住的錯覺襲擊著我。

她的眼神就像是母親在告誡孩子一樣，實在不像是對男朋友露出的目光。

「我呀，可沒有在要求你如此重視我。」

我無法忘懷學姊如此輕聲低喃的模樣。

*

光看一眼我就察覺了。

儘管不屈指計算，就不曉得從高中時期過了幾年——

那雙有如狐狸般的細長眼睛、彷彿人工打造的鼻子、和成熟的眼鼻相比顯得有些惹人憐愛的嘴巴，以及位在底下，莫名主張著存在感的黑痣。

最大的特徵，就是那頭漆黑的捲髮。

絲毫沒有改變。

她是神田學姊。

我在高中時喜歡到極點的學姊。

我在朝會中呆掉了。

學姊也記得我。她微微舉起手對我微笑的場面，反覆在我腦中重播許多次。

平常總覺得一瞬間就結束的朝會，今天感覺特別漫長。當會議好不容易結束時，我莫名地陷入了體力有所消耗的錯覺。

我做了個深呼吸，深深坐在椅子上之後，一旁的橋本戳了戳我的肩膀。

「怎麼，你認識那個美女啊？」

「就說她是我高中學姊了。」

「喔……就這樣嗎？」

「『就這樣』是什麼意思啊？」

我反問橋本，於是他面露壞心眼的笑容。

「哎呀，吉田。也許你自個兒沒發現，但你的舉止出乎尋常地可疑。」

「啥？」

「你們不是單純的學姊學弟吧？你的模樣，就彷彿像是個心儀的學姊向自己攀談的高中生喔。」

「咦……不……並沒有……」

我不禁吞吞吐吐的。這樣子幾乎就與肯定無異，可是我想不到什麼巧妙的回應，這也無可奈何。

「她該不會是你的初戀對象吧？」

「呃，我不曉得是不是初戀啦……」

聽橋本這麼一講，感覺那好像就是我的初戀。在就讀高中之前，我完全沒有談過戀愛的記憶。小時候我滿腦子淨是想著要和朋友玩耍，直到升上高中，同儕之間愈來愈多人開始談起男女之情為止，或許都不曾去注意過那檔事。

「嗯……我們高中時交往過啦。」

我知道再繼續拖延下去也只會更難啟齒，導致被他調侃得更慘，因此老老實實地招供了。

我的話語令橋本瞠目結舌。

「……咦，真的？」

「我幹嘛要特地扯謊騙你不可啊？」

「沒有啦……我原以為頂多只是你單方面對人家傾心罷了。這樣啊，你居然和那種美女……」

「你不覺得這種反應挺沒禮貌的嗎？」

好像我跟美女交往過很奇怪似的口吻，一瞬間令我火上心頭。不過坦白說，我自己也覺得曾和這麼漂亮的女生是男女朋友一事很不真實。

「你們是吵翻了才分手嗎？」

「不，是自然結束。」

「喔……這種情形高中生很常見呢。」

「畢竟是她先畢業的啊。」

「所以才分開啊。」

「你幹嘛一臉奸笑啦……那都是過去的事了。不說這個，我拜託你做的事情怎麼樣了？」

再被他捉弄下去也很麻煩，而且都到上班時間了，我決定把話題轉移到工作上。

橋本剎那間一副很想說「話還沒講完」似的皺起眉頭，卻隨即聳了聳肩，指著自己的電腦螢幕畫面。

「用不著你開口，我正在準備寫信了。」

「多謝。你姑且也把我加在密件副本裡吧。」

「我知道、我知道啦。平時你沒特別提起，我也都有那麼做吧。瞧你拚命想轉移話題，真是……」

「吵死了，還不是因為你超乎必要地戲弄我。」

我結束這個話題，眼睛看向自己的電腦螢幕。儘管我像是習慣動作般確認郵件和啟

動軟體來準備開始工作，依然滿腦子都是神田學姊。

那個學姊和我在同一家企業的分公司工作，而後偶然地調動到這裡來。即使試著化為言語，也實在很不真實。

我忽地感受到視線而抬起頭，於是和三島四目相交了。她一臉氣鼓鼓地望著我數秒鐘之後，才低下頭看著自己的螢幕。緊接著，我又覺得有人從其他方向在看我。我挪動眼神，正好看見後藤小姐倏地從我這邊別開目光。

……我先前的舉動真是太引人側目了。雖然說對方是認識的人，但也沒必要在那種場合叫出聲音來。我的反應橫看豎看都很不自然，因此那些和我有深厚交情的同事會掛心也不奇怪。

話雖如此，假如我能夠僅憑判斷「是否需要」來控制行動，就不會那麼辛苦了。在出乎意料的地方遇見意想不到的人物，總是會驚叫出聲嘛。

我瞄向小田切課長，發現神田學姊正在他身旁聽著某些說明。課長好像講了什麼笑話，逗得神田學姊嘻嘻笑著。那個縮起肩膀頻頻顫動的微笑方式，和高中時期一模一樣。

神田學姊真的來了。

我恍惚地眺望著和課長交談的神田學姊，結果她的視線冷不防地動了，和我四目相接。我錯過了別開眼神的時機，和學姊互相凝視了數秒後，她便微微瞇細了眼睛，傷腦筋地抬起一邊的嘴角。接著，她在小田切課長所看不到的地方挪動著手，指向走廊。

這個手勢顯然是要我「到外面談」。我輕輕點了個頭，再從位子上站起來。

「我去一下廁所。」

「好好好，廁所是吧。」

橋本這回應明顯話中有話，我稍稍瞪向他，於是他聳聳肩，裝模作樣地說：

「請慢用。」

我離開部門辦公室在外頭等待，不久後神田學姊就出來了。一發現靠在走廊牆壁上的我，她便小跑步靠了過來。

「哎呀，嚇了我一跳。想不到會和你在這種地方重逢耶。」

「那是我要講的話啦……學姊，妳成為程式設計師了嗎？」

「我其實是想當系統工程師啦。原先打算在基層累積經驗，結果整天寫程式卻寫到得心應手了。你是程式設計師嗎？」

「不……我比較像是兩邊兼著做。基本上設計是我的主要工作，不過卻有分成淨在

寫程式和只做設計的時期。」

「喔——那還真辛苦耶。」

神田學姊誇張地沉吟幾聲並點點頭後，直愣愣地盯著我的臉瞧。

「幹……幹嘛……」

「沒有啦——」

神田學姊從鼻子呼了口氣，接著歪過頭。

「吉田，你給人的氛圍是不是變了？」

「這當然啦，妳以為都過幾年了啊……反倒是學姊妳一點都沒變呢。」

「咦，是嗎？我覺得變了很多耶。」

「不，當然毫無改變。畢竟我一眼就認出是妳了嘛。」

聽我講完，學姊先是愣了一下，才發出銀鈴般的笑聲。

「你這點倒是沒有變呢。」

「咦，這點是說……」

「話說回來，我有個明確的轉變，你看得出來嗎？」

學姊打斷了我的疑問，露出淘氣的微笑。

聽學姊這麼說，我便直盯著她的臉龐看，可是果然沒什麼地方不同。我忍不住凝神望著她嘴巴下方的黑痣。

「呃，我看不太出來……」

「呵呵。」

神田學姊瞇細了眼睛，得意地揚起單邊嘴角。而後，她像是小孩子在驕傲地述說某些豐功偉業一般，挺起胸部說：

「我大了一個罩杯。」

「咦？」

「所以說……就是胸部啦。」

「啊……」

我發出窩囊的聲音後，目光反射性地落在她的胸部上。即使隔著套裝，學姊的上圍感覺也比尋常女子要來得大。高中時的我，對她的乳房感到相當興奮……

一思及此，我差點想像起學姊的裸體，於是隨即搖了搖頭。

「我不記得妳以前的尺寸了啦。」

「咦！真過分！你明明就看過也摸過了。」

「等等、等等，萬一被人家聽到怎麼辦？」

「有什麼關係。啊，如果你有意隱瞞，我不會告訴別人的。」

「呃，問題不在我身上……」

我話說到一半停頓了下來，而後歪過頭去。真要說的話，這種事情一般會是女方比較想隱瞞，難道不是這樣嗎？

「我還以為妳不太想被其他人知道，曾經跟我這種不起眼的傢伙交往過。」

當我明確地將想法轉變成言語後，神田學姊霎時間抽動了一下眉毛，接著立刻浮現出苦笑。

「……你這種地方也完全沒變呢。」

「呃？」

「我要回去工作了。要是有什麼不懂的，或許我會來問你。」

「啊，好的。隨時歡迎。」

神田學姊稍稍舉起手，早我一步回辦公室去了。

我目送她離去後，便渾身無力地靠在牆上。

「……累死人了。」

嘆息流洩而出。

突然和原以為不會再見到的人碰面，而且還聊了一會兒。講出來就僅是如此，但體力卻消耗得很劇烈。就連和客戶針對產品規格進行討論的時候，我也不會這麼緊張。

「……來小個便再回去吧。」

儘管是藉口，但我說了要上廁所才跑出來。要是過沒多久又想上洗手間，那可就傷腦筋了。

我無精打采地踩著委靡的步伐前往廁所。

話又說回來了——

我回憶起方才神田學姊的發言。

『……你這種地方也完全沒變呢。』

我對她那時的表情有印象。

我想，那是蘊含了「錯愕」及「死心」此種情緒的模樣。高中時期我便看過了無數次。記得每當她擺出那副樣子的時候，我都會認為是不是自己做錯了什麼而感到心痛。

「說是這麼說，但妳也一點都沒變嘛……」

輕聲呢喃的我，打開位在走廊角落的廁所門扉。

看來我中意的女性，都不願意明明白白地把重要的事情講清楚。

第5話　中式拉麵

在進入可以午休的時間那個當下，我便站了起來。

「我去休息了。」

當我鎖定電腦畫面再做出午休宣言後，坐在附近的同事們皆看著自己的螢幕，異口同聲地回了一句：「慢走。」

若是平時——

若是平時的話，我會在這時候到吉田前輩的座位去邀約他吃午餐，但我今天不會那麼做。

我快步走向後藤小姐的位子。

當我逐漸接近她的座位後，後藤小姐便在我開口之前，從螢幕抬起視線看向我。

「哎呀，三島？」

後藤小姐一副「怎麼啦？」的態度偏過頭去。不該有這種疑問吧。

她應該也心知肚明才對。今天早上的吉田前輩顯然很奇怪。後藤小姐不可能對此毫不在意。

「後藤小姐……要不要一起吃個午飯呢？」

我刻意一臉正經八百地如此提議，於是後藤小姐先瞄了一眼自己的螢幕之後，立刻點頭答應。接著她小小聲地說：

「我把這封信寄出就過去，妳可以先到餐廳去嗎？」

「我知道了。我會找好位子等妳。」

「拜託了。」

後藤小姐嫣然微笑後，目光隨即再次回到電腦螢幕上。我側眼望著敲打鍵盤的她，先往餐廳去了。

一來到餐廳，我馬上確認吉田前輩等人的位置。他們似乎在我和後藤小姐交談的期間就去午休了。只見吉田和橋本兩位前輩已經坐在位子上，談笑風生地吃著午飯了。

我側目瞧著他們，站在餐券販賣機前面。平常我會點烤鮭魚套餐，今天卻不知怎地沒那種心情。話雖如此，我也沒有明確地想吃什麼東西，僅是茫茫然地眺望著機器按鈕。

後面已經有人開始在排隊了，我也不能太過悠悠哉哉。正當我打定主意要點烏龍麵或蕎麥麵這種馬上就會提供的食物時，有一顆按鈕忽地停留在我的眼中。

我像是被它吸引似的按了下去，再把餐券交給負責收取票券的阿姨。

「哎呀，妳今天不是吃烤鮭魚呢。」

「我今天沒有那個心情。」

「原來也有這種情形呢……一份中式拉麵。來，這是號碼牌。」

自己在人家腦中的印象是「烤鮭魚套餐女」這件事令我感到有點可笑，同時我從阿姨手中接過號碼牌，走向擺著桌子的區域。

我所坐的位子，離吉田前輩他們那張桌子頗遠。距離拉得這麼開，對話內容應該就不會被他們聽見了吧。正好就在我找到位子的當下，後藤小姐在餐廳現身了。而恰巧供餐櫃檯叫到了我這張牌子的號碼，於是我匆匆前去領取放有中式拉麵的托盤，之後和後藤小姐會合。

「我有自備午餐。」

語畢，後藤小姐舉起超商塑膠袋。裡頭只放了沙拉。

「我一直都在想呀——」

我在就座的同時，指著後藤小姐擱下的袋子。

「光是吃那樣夠嗎？」

聽到我的問題，後藤小姐先是杏眼圓睜，而後一副感到逗趣似的笑了。

「呵呵，這個後進跟前輩很像呢。」

「咦？」

「妳覺得夠嗎？」

後藤小姐說著說著，側過了頭。我討厭這個人總愛反過來問問題。

「呃，就是認為不夠，我才會開口詢問的。」

「呵呵呵，我想也是。」

後藤小姐窸窸窣窣地由超商袋子裡拿出沙拉，再把沙拉醬的包裝撕破。她一面把醬汁灑在沙拉上，一面撇下嘴角。

「不過相對的，晚餐我會吃很多。」

「……原來如此。」

換句話說就是不夠吧。我無法理解，明明只要講「不夠」兩個字就能解決的事情，為何要特地採取這種說法。然而，我也沒有理由深入追究這點，於是暫且先附和她。

「所以呢？」

後藤小姐將免洗筷一分為二，之後偏過了頭。

「妳有事情要找我對吧？」

「……是這樣沒錯，妳應該明白吧。」

「呵呵。」

後藤小姐從鼻子哼著氣，吃了一口沙拉。她在動嘴咀嚼的同時，又歪過了一次頭。看來她無論如何都要我自己親口講出來。

「所以說，就是吉田前輩的事啦。不，與其這麼講……該說是神田小姐的事情。」

「神田蒼小姐是吧。」

在我講完話之際，後藤小姐吞下了口中的食物，接著點頭回應。

「真讓人嚇一跳呢。」

「妳之前就曉得了嗎？」

「曉得什麼？」

「那個人和吉田前輩有所交集。」

問著問著，我回憶起後藤小姐在朝會時的神情，於是轉念一想：根本沒必要特地開口詢問。

「不，我也不曉得。」

不出所料，後藤小姐低下視線望著桌子，搖頭否定。

「追根究柢，我幾乎沒有參與到神田小姐的調派事宜。只是在事情差不多塵埃落定的狀況下看過文件罷了。」

「原來是這樣呀。」

語畢，我注意到自己用餐的手沒什麼在動，於是吸了一口中式拉麵。原本就不怎麼硬的粗麵泡得有點爛，變得更軟了。

然而，這個發展真是出乎我的預料。吉田前輩迷戀著後藤小姐，光是要把他的注意力拉到自己身上就煞費苦心了，還得再加上忽然現身的蹺家女高中生，以及高中時期的學姊。

而且，吉田前輩望向神田小姐的眼神怎麼看都很奇怪。就我從旁觀察，感覺那比起朝向後藤小姐的視線，更像某種近似於「愛戀」的情緒。

「呵呵。」

後藤小姐冷不防地笑了出來，於是我的意識驟然被拉回眼前的她身上。

「怎麼了？」

「瞧妳一臉險峻的樣子。」

「有嗎？」

「有。」

後藤小姐感到有趣似的頻頻搖晃著雙肩發笑，而後稍稍瞇起眼睛看著我。

「妳在擔心吉田會不會被搶走？」

後藤小姐這番話，讓我清楚感受到自己覺得焦躁。會是對她的態度本身，抑或是因為自己搞不清楚她為何如此「游刃有餘」的關係呢？

「後藤小姐，妳也很擔心不是嗎？」

還沒來得及細想，我就脫口而出了。不對這個人提出直截了當的問題，也只會沒完沒了。

面對我的提問，後藤小姐先是略顯吃驚得睜大了雙眼，不過隨即漾著平時的微笑，歪過了頭去。她不發一語地吃了一口沙拉，像是要消磨這段空檔一樣。我也吸了一口中式拉麵。麵條要比剛才更糊了。

咀嚼著沙拉的後藤小姐，鼻子哼了一聲。

「但是——」

後藤小姐倏地由我身上別開目光說：

「剛剛吉田的反應確實很奇怪。我還是第一次見到他對女性如此興味盎然。」

她果然不願意回答我的問題。

我輕輕嘆了口氣，點頭說道：

「是呀。我也……很久沒看到了。」

「很久？」

後藤小姐敏銳地提到我並未說出「第一次」這點。她就僅有這種時候反應很快。

「……那是我個人的事情。」

「這樣？」

「是的。」

我知道在沙優出現之前，吉田前輩經常會對後藤小姐露出那種眼神。只是，要我跟她講實在令人非常惱火。

我硬是結束了話題，而後瞪視著後藤小姐。

「那麼，妳打算怎麼做？放任那兩個人不管嗎？」

「沒什麼放不放任的……我和妳都沒有在跟吉田交往，也只能隨他高興了吧。」

「照妳這樣講，吉田前輩不就真的有可能被神田小姐搶走嗎？」

「呵呵呵。」

見到後藤小姐啞然失笑，我皺起眉頭。

「幹嘛？」

「沒有啦。」

後藤小姐先是一度暫時停頓了下來，再以銳利的目光看向我的雙眼。

「也只能到時候再看著辦了吧？」

「咦……」

她這番話讓我無法立即做出回應。就在她閃爍其詞迴避著問題的時候，突如其來地出現了一句像是真心話的說詞。這栩栩如生地在我的腦中迴響著，令我陷入彷彿忽然從正面吃了一拳的錯覺。

「不論怎麼掙扎，人的心意都是無法控制的。」

「這……」

「縱使從旁干涉，以『不自然的方式』獲得了想要的結果……」

後藤小姐把免洗筷插進沙拉裡，而後視線就這麼固定在上頭。我有種內臟被她徒手揪住的感覺，只能等她把話說下去。

「那份結果又能夠持續多久呢？」

「這……這個……」

我好不容易才擠出聲音來詢問後藤小姐。

「妳的意思是，努力也毫無意義嗎？」

對此，她閉上雙眼，搖了搖頭。

「我不會說沒有意義，只是——」

她低著頭繼續說著。

「即使扭曲了原本應有的模樣，時間一久也只會打回原形罷了。」

我唯一明白的事情，便是「她這番話是由衷的肺腑之言」。

讓人難以聽出真心話的後藤小姐，竟然會如此坦誠以對。對這件事情所感受到的驚訝，首先撼動著我的內心。

然而……

接著我心中產生了一股不悅。

「這是怎樣呀……」

甫一回神，我已經說出口了。

後藤小姐抬起視線望向我。

「到頭來，那樣只是覺得害怕而已吧。」

她並未對我的話語做出任何回應。我覺得自己愈來愈了解她了。

「即使努力獲得結果，或許哪天又會離開自己手邊，所以乾脆打從一開始就等事情順其自然發展比較好——妳那番話的意思是這樣吧？」

我說到這裡，後藤小姐的眉頭才動了一下。

我自己也不清楚是在氣什麼。是氣她明明喜歡吉田前輩卻不主動採取行動？又或是氣自己輸給了這樣的她呢？

總之，氣憤難平的我，話語接二連三地停不下來。

「我認為坐以待斃，導致有可能獲得的結果不知消失到何處去，這樣要來得可怕多了。什麼叫『原本應有的模樣』呀？這是由誰來決定的？」

「三島。」

「妳明明擁有許多別人垂涎欲滴的事物，卻一副被動的態度，面露從容神色等人家選上自己，這樣不會太過傲慢了嗎？這就是妳口中『應有的模樣』嗎！」

「三島！」

後藤小姐發出比平時還大的嗓音，令我猛然回神。

餐廳裡頭鴉雀無聲。我僅挪動眼珠環顧周遭，只見附近的員工們皆尷尬地注視著我們這邊。就連位子在遠處的吉田及橋本前輩，也都愣愣地望著我們。

「……妳太大聲了。」

坐在我對面的後藤小姐，略顯困窘地縮起肩膀。

我輕咳了兩聲，微微低下頭去。

「……不好意思。」

我自己也感覺到臉頰變得好燙。我一反常態地整個人激動起來了。

後藤小姐苦笑著左右搖頭。

「妳用不著道歉啦。原來妳也會大聲斥喝呢。」

「不，真的很不好意思……」

「呵呵。」

後藤小姐放下筷子，「嗯——」地伸了個懶腰。

「總之，關於神田小姐的事，暫時就只能靜觀其變了吧。」

「靜觀其變……是嗎？」

「是的，沒錯。」

後藤小姐點點頭，並豎起食指。

「直到吉田和她的關係及內心想法水落石出之前，不管怎樣我們都無從置喙吧。」

「嗯……嗯，這倒也是……」

「所以在我們搞清楚前，先靜靜觀察吧？若是情況實在太可疑的話，再從旁阻撓就好。」

後藤小姐露出一個俏皮的微笑後，重新拿起免洗筷夾著沙拉吃。見狀仍然覺得突兀，我把心中想法說了出來。

「妳果然給人一種莫名事不關己的感覺呢。」

「確實不關我的事呀。」

「可是妳喜歡吉田前輩對吧？」

聽聞我的反問，後藤小姐停下筷子連連眨眼，之後雲淡風輕地說道：

「就是因為喜歡，我才會覺得自己不管做什麼也都是白費工夫。」

「……唉。」

我流洩出聽來窩囊的嘆息。

我搞不太懂她的話中之意，只知道這是她發自內心的真話。

就在我愣住了的時候，後藤小姐指著我眼前的碗公。

「妳再不趕快吃完，麵都要爛糊糊的了。」

「啊……」

聽她這麼說的我看向碗公，於是發現照理說應該吃了不少的中式拉麵，都泡到讓我誤以為變回原本的份量了。

見到我慌慌張張地拿起筷子，後藤小姐輕笑出聲。

「三島，妳還真可愛。」

我皺起眉頭，回敬後藤小姐這番話。

「後藤小姐，妳好讓人毛骨悚然。」

聞言，後藤小姐先是杏眼圓睜，隨後立刻放聲笑了出來。

第6話　戀人

他又停下筷子了。

今晚吉田先生進食的速度出奇地緩慢。

「嗳。」

「喔？」

「我覺得薑汁燒肉做得不錯耶。」

「是啊，很好吃。」

我把裝在盤裡的薑汁燒肉切成便於食用的尺寸。吉田先生「嗯嗯嗯」地點了點頭，先把一片肉拋入嘴裡，之後再將白米送入口中咀嚼著。

只是，他的目光並未特別落在任何地方，就在比我略高之處徘徊著。

他顯然在想別的事情。

無論他在想什麼都不關我的事，但吉田先生難得會在用餐時如此心不在焉，因此我單純是感到好奇。

「吉田先生。」

「喔？」

「今天在公司裡發生了什麼事嗎？」

「咦，妳幹嘛突然這麼問？」

我感覺到，他的注意力終於轉移到我身上了。

我按捺著幾乎要「呼」一聲脫口而出的嘆息。光看這個反應，我就明白到他在公司有狀況了。

「因為你回家之後，一直魂不守舍的嘛，我想說是不是怎麼了。」

「喔……我有那麼恍神嗎？」

「嗯，很嚴重。」

我深深頷首之後，吉田先生便搔抓著後頸，視線游移不定。

「嗯，倒也不是沒有啦。」

「這哪門子模稜兩可的說詞？」

「呃，應該說也沒啥大不了的啦。」

吉田先生的模樣怪怪的。

他會吞吞吐吐，大多時候是在顧慮我，或是尚未釐清自己的思緒，但這次並不像那

樣子。

講白了，看起來忸忸怩怩的。

「咦，什麼？怎麼回事？」

吉田先生這副少年般的舉止令我有些焦躁，於是我忍不住催他說下去。

他抓了抓鼻頭說：

「沒有啦……今天我們公司有個從其他分部調來的員工。」

「嗯。」

「然後，那個人是……嗯……」

吉田先生在此稍微停頓，而後又抓了一次鼻頭。接著，他低頭望向桌子說：

「她是我高中時期交往過的對象。」

「……咦！」

我不禁發出了愚蠢的聲音。

高中時期交往過的對象——迴響在我耳中的這番話很不真實。

「她叫神田學姊。」

「學姊……」

既然是學姊，那表示年紀比較大吧。吉田先生果然從以前就喜歡比自己大的人嗎？

不，在這關頭，那已經不重要了。最讓我吃驚的是其他事情。

「吉田先生，原來你曾經有過交往對象呀……」

話語不經思考地衝口而出了。面對我這番話，吉田先生連連眨了幾次眼之後，忍不住笑了出來。

「這是怎樣？有過對象很奇怪嗎？」

「不不不！我不是那個意思……只是……這個……我從來沒聽你提過那些事。」

沒錯，吉田先生曾有過戀人這件事本身不令人感到突兀。不僅如此，這麼誠實的男性迄今從來沒有交往經驗，甚至會讓我覺得很怪異。

然而，儘管我心中是這麼想的——

某種程度上，我還是會主觀認定他可能沒有那種經驗。

「那種經驗」除了指和異性交往本身之外，還有更進一步的事……

差點想像起吉田先生和我不認識的某人之間發生的各種細節，趕忙搖了搖頭。

這才回想起來正在吃飯，於是把薑汁燒肉放進嘴裡，卻吃不出什麼味道來。

我的心裡頭莫名變得七上八下的。

「所以你才會那麼不專心呢。」

「嗯……或許吧。該怎麼講，光是和高中時期的朋友偶然在職場重逢，我就已經覺

得機率低得驚人了。而對象還是前女友這點……更令人吃驚啊。」

吉田先生感慨萬千地如是說，接著喝了口味噌湯。他的視線又飄到不知何處的遠方去了。一定是在回想那個叫神田小姐的人吧。

「柚……柚葉小姐有沒有表示什麼呢？」

我無論如何都想立刻打斷吉田先生的思緒，於是把內心想到的疑問拋出來。

「三島？為什麼會提到她啊？」

「你別問這麼多了，她怎麼說？」

聽聞我的詢問，吉田先生歪過頭思考。

「不，她沒特別講什麼。應該說，聽妳這麼一提，我才想到今天一次也沒和她說上話耶……啊，不過……」

吉田先生一副猛然驚覺似的放下筷子。

「這麼說來，那傢伙中午好像和後藤小姐起了爭執。」

「她們在吵什麼？」

「呃，詳情我也沒聽到，只看到她氣勢洶洶地頂撞著後藤小姐。」

「……這樣呀。」

雖然這是我的猜測——

我想她們倆八成是在談與神田小姐相關的事吧。我再怎麼樣也不會曉得柚葉小姐和後藤小姐爭辯的理由，不過這兩個人所抱持的主義明顯截然不同。就吉田先生告訴我的資訊來看，柚葉小姐並不是個會因為公事上的交談而激動的人。我不禁猜想，她們兩人是在討論什麼跟吉田先生有關的事情。

「但我覺得跟神田學姊沒有關係喔，畢竟三島不會把調職而來的新人放在心上。」

「……啊，這樣。」

我投以一個稍稍蘊含了責難意思的視線給吉田先生，他便納悶地偏過了頭。

「幹嘛啦？」

「沒事。」

人家掛心的是你，而不是神田學姊啦——我很想這麼跟吉田先生說，但我認為這不該由我的口中說出來。而且基於其他理由，我並不太想提。只是，我沒有辦法順利讓那個「其他理由」化為言語。

我們倆緘默不語的時間持續了數十秒——又或是數分鐘。

我偷瞄吉田先生那邊，發現他依然茫茫然地在用餐。

不管他腦中要想什麼都是他的自由，但在自己眼前愣愣地想著其他女人的事，令我極其不悅。不，與其說不悅，應該說心中有芥蒂。

「那個叫神田小姐的人……」

我為了讓吉田先生注意而開口，於是他在動著筷子的同時，僅以目光對著我。

雖然開了口是很好，可是後來才察覺自己並沒有特別決定要問什麼，結果嘴巴就這麼開開合合地好一會兒。接著，我立刻提出自己所想到的問題。

「她……她長得可愛嗎？」

聽到我這個疑問，吉田先生皺起眉頭來。

「問這做啥？」

「沒有啦，只是我有點在意。」

這句話是事實，只是我覺得問出來就搞砸了。

吉田先生搔了搔鼻頭。光是看到這個動作，我就能隱隱約約地預料到答案了。

「嗯，比起可愛……」

吉田先生說到這裡，目光稍微游移了一下。而後，他低聲喃喃說了下去。

「那個人……是個美女呢。」

這個回答讓我感到胸口有點疼痛。我搞不太清楚是什麼事情讓我這麼厭惡。

「喔……是喔……」

明明是自己開口提問，我卻不禁回了一個不痛不癢的附和。我藉由喝著味噌湯來掩飾過去。這道菜的味道感覺也很淡。

「不管是後藤小姐，還是那個叫神田小姐的人……你都喜歡比自己大的美女呢。」

我掛著半開玩笑的笑容試著出言調侃吉田先生，結果他稍微臉紅了。

「……吵死了妳。」

這個反應又令我的胸口一陣刺痛。

「你……你在害羞什麼呀？我只是逗你一下嘛……」

「我為啥非得被小鬼逗著玩不可啊？」

「啊哈哈，的確。抱歉喔。」

我先是放聲笑了出來，之後立刻感到坐立難安，於是當場站了起來。

吉田先生吃驚地仰望著我。

「怎麼啦？」

「我去一下洗手間。」

「喔……去吧。」

頷首應允的吉田先生，視線又回到桌子上了。

我朝廁所走了幾步後，回頭望去。

「那個呀……」

「嗯？」

吉田先生聽到我的聲音又抬起頭來，於是我們四目相交了。

「滿常有人……」

我的話講到這兒便戛然而止。我不禁望起吉田先生的表情。

我原本想說「滿常有人誇我漂亮的」，但講出口之前就覺得很愚蠢。

他凝視我的神情實在極其普通。就像是在家人呼喚下，理所當然般做出回應一樣。

「不，沒什麼。」

「……嗯？」

「我……我去洗手間。」

「喔……」

我不知為何害臊起來，於是瞄了一下明顯感到困窘的吉田先生，便衝到了廁所裡頭去。由於我並不想上廁所，所以只把馬桶蓋放下來，坐在上頭。

到頭來，我想做什麼呢？

從剛才和吉田先生對話，我便逕自感到悶悶不樂，而後因自己的發言陷入愈來愈悲戚的情緒。

「唉……」

我嘆了口氣。

我的內心何以會被攪動得如此紊亂呢？我對自己感到困惑。

哪怕是從前的女友現身，吉田先生也鐵定會繼續鍾情於後藤小姐。而且，照理說我和吉田先生的未來應該扯不上半點關係才是。分明如此，我為什麼會這麼在意呢？不光是這樣，甚至還不樂見此種情形。

「……真搞不懂耶。」

雖然我離家出走後，一直都有在這麼想就是了。

最不了解我的人，其實是我自己。

我的嘆息再度流洩而出。

儘管覺得浪費水很抱歉，我也不能不沖水就出去。於是我扭動把手，沖了馬桶。

第7話 賓館

距離下班前五分鐘。

我今天的業務也順利地處理完畢，感覺能準時下班。

一旁的橋本已經徹底做好回家的準備，散發出一股時間一到便會立即從位子上站起的氣勢。

「這個星期天天都能準時回家，真是太美妙了。」

橋本似乎注意到了我的視線，如此表示。

「是啊，能這樣是再好不過的了。」

「我真想告訴去年的你耶。」

「吵死了……」

在沙優到來前，我沒有特別需要早歸的理由。我會率先協助那些工作積到暫時回不了家的同事。

「真是沙優萬萬歲耶。我說破了嘴都還是瘋狂工作的吉田居然會這樣。」

「就說你很吵耶。你講這種話單純只是想戲弄我而已吧？」

「誰是沙優？」

忽然有人出聲，使得我和橋本都跳了起來，轉向後頭。

站在我們身後的人是神田學姊。她先是掛著愣愣的表情交互望向一塊兒跳了一下的我們，而後輕聲笑了起來。

「你們也嚇得太誇張了。」

「呃，因為妳無聲無息的……」

「對啊、對啊。」

我倆一同頷首回應，於是學姊再次搖晃著雙肩發笑。

「妳怎麼會跑到這邊來呢？」

由於神田學姊參與的是另一個專案，位子離我們相當地遠。如果沒有特別的要事，應該不會到我們的位子來吧。

針對我的提問，神田學姊先是連連點頭，再豎起食指說：

「吉田，你今天可以準時下班嗎？」

「嗯……就如妳所看見的。」

我指著既已關閉的電腦回以肯定的答覆，於是她看了看我和桌子。

「你的桌子好亂喔。」

「噗！」

我輕輕踹了噗哧一笑的橋本一腳，接著再度看向神田學姊。

「所以，妳不是來討論桌子的事情吧？」

「哎呀，抱歉、抱歉。因為我覺得很在意。」

學姊偷瞄著我的桌面，同時揚起嘴角。我的桌子有那麼亂嗎？

「呃，我想說如果你能準時回家的話，我正好也要下班了，要不要一起吃個飯？」

「咦……吃飯？」

突如其來的邀約令我的思緒一瞬間停擺了。而後，在我動腦思考之前，我先是望向橋本那邊。

「你要去嗎？」

「咦？」

橋本吃驚地張開嘴巴，而後搖了搖頭。

「不，老婆有幫我做飯。而且應該說，我有受邀嗎？」

橋本似笑非笑地將目光投向神田學姊，而她也委婉地面露一個模稜兩可的笑容。

「如果你要來，我也不會拒絕喔。」

「哈哈，我就免了。」

橋本感到很逗趣似的晃著肩膀發笑，接著一副刻意做給人家看一般低頭望著手錶。

「時間到了，我先下班嘍——！」

發出偌大的嗓音宣告後，橋本輕輕對我揮揮手，便離開了辦公室。

「辛苦了……」

我目送他的背影，坐在椅子上渾身無力。

「那麼，你要去嗎？」

神田學姊重新面對我，偏過頭問。

「嗯——」

我把手繞到身後，搔抓著其實並不癢的後頸。

前女友找我吃飯，換言之會演變成何種狀況呢？我先是在意起這點，而後立刻想起沙優。我想這時候，她一定在為我準備晚飯了吧。我對她有點過意不去。

「畢竟我們很久沒見了，你不想好好聊一聊嗎？」

神田學姊無視於我的思緒，一個勁兒地問道。

「假如你有什麼事情的話，改天也沒關係。」

「呃，倒也不是有什麼事要辦啦……」

「你不想和我去吃飯嗎？」

「不，並不是這樣……」

我支支吾吾地做出敷衍了事的回應後，按捺不住地嘆了口氣。

「我知道了……既然沒事，我就跟妳去吧。我也想慢慢聊一下。」

「這樣？那我們走吧。我去拿東西喔。」

神田學姊燦爛一笑，匆匆回到自己的位子去了。

我輕輕吐了口氣，拿出手機來。我傳了一封內容為「我要在外面吃，不用替我準備晚飯了」的訊息給沙優，再附加上謝罪的話語。

「我先下班了。」

我出聲向還留在公司裡的同事打招呼，接著先一步前往辦公室出口。走出去時，我一瞬間和三島對上了眼，不過她卻立刻別開了。三島沒有準時下班回家還真罕見。

我在走廊等了不到一分鐘之後，神田學姊便從辦公室裡出來了。

「好，我們出發吧。隨便選一家店可以嗎？」

「都行……啊，不過既然機會難得，最好別選有學生會吵鬧的店家。」

「若不是均一價居酒屋，就不會那麼吵了吧。」

神田學姊輕笑一聲，而後率先快步走去。走路不配合對方步調這點，也和從前一模一樣。

我茫茫然地眺望著她的側臉時，響起了電梯抵達的音效。

*

「對對對，以前是棒球社王牌打者的那個室內，聽說他現在是三個孩子的父親了。三個耶，三個。明明年紀和我一樣，真不簡單。他好像是二十三歲的時候結婚的。」

「二十三歲結婚，二十七歲就變三個小孩的爸爸了啊……」

「他太太的體力也很驚人呢。哪像我光是生一次都會覺得自己不行了。而且他們間隔還那麼短。」

也許是酒精助興之故，神田學姊格外流暢地談著高中同學的現況。而且話題還莫名其妙淨是些結婚啦生產之類的事，讓我常常煩惱該如何附和。每當難以回答的時候，我都會含著啤酒藉以蒙混帶過，因此酒減少得很快。

「啊，請再給我一杯啤酒。」

「我也要一杯山崎威士忌加冰塊。」

由於店員正好經過，我便把玻璃杯遞給對方，加點了飲料。我側眼望著店員離去之

後，開口說道：

「該怎麼說好……妳選的酒還真是性格呢。」

「咦，是嗎？我很喜歡威士忌呀。」

神田學姊爽朗地一笑，再拿筷子把一口大小的味噌烤牛心放進嘴裡。在她動嘴咀嚼的期間，眼神會像小動物一樣東張西望。這個習慣也和過去如出一轍。

人在眼前的神田學姊，實在太過符合我高中時期的記憶，因此她的存在果然很不真實。

我在腦中如此思索的同時凝視著神田學姊，結果她忽地抬起視線，和我對上眼了。

「嗯？」

神田學姊側過了頭去。這副模樣看起來莫名嬌媚，因此我連忙別開目光。

「呃……妳今天為什麼要約我呢？」

聽聞我的問題，神田學姊便從鼻子裡呼了一口氣，再稍稍左右搖頭。

「沒有特別的理由啦。只是我覺得演變成在職場遇見前男友這種狀況還挺有趣的，機會難得就找你聊聊而已。你也一樣對吧？」

「……嗯，是啊。」

見我點頭回應，學姊就輕聲一笑，露出調皮的表情再次歪過頭。

「所以……那之後你有和誰談戀愛嗎？」

「咦？」

突如其來的疑問，令我張大了嘴巴合不攏。神田學姊漾著得意的微笑，同時再度拋出同樣的問題。

「我的意思是，當你見不到我之後，有和誰談過感情嗎？」

「幹嘛問這個啊？」

「有什麼關係，人家只是有點好奇嘛。」

神田學姊雀躍不已地等待著我的回應。明明就讓我倆的關係自然而然地結束，卻又在意起後續，這葫蘆裡賣的到底是什麼藥？我望向學姊的眼眸欲打探箇中意圖，她卻只是偏著頭等我把話說下去，因此全然不得而知。

「讓兩位久等了，這是啤酒和山崎威士忌加冰塊。」

「啊，謝謝。」

店員過來將酒擱在桌上後離去。我把裝有威士忌的玻璃杯挪到學姊那邊後，隔了一拍才開口說：

「有啊。應該說，我現在也有對象。」

「喔……是公司的人？」

「嗯……」

「居然！是喔～對方是誰？」

神田學姊毫不客氣地接連提出尖銳的問題。我心裡很清楚，面對會提出這種問題的人，即使拖拖拉拉地意圖蒙混過去，到最後也只會被迫坦承一切，因此我微微吐了口氣後，喝了一口啤酒。

接著，我清楚明白地斷言道：

「是後藤小姐啦。」

「……喔，後藤小姐。」

神田學姊對我這句話露出明顯別有深意的笑容，而後含了一口威士忌。

「咦，妳這是什麼反應？」

「沒怎樣呀。後藤小姐很漂亮呢。」

神田學姊揚起單邊嘴角，拿免洗筷戳著牛心。

「這樣呀，原來你喜歡那種類型的人嗎，吉田？」

「那種類型是指？」

我一問之後，她的鼻子便哼了一聲，再把牛心拋進嘴裡。學姊在咀嚼的同時，發出了「嗯——」的聲音。將口中的食物吞下肚後，接著學姊聳了聳肩。

「要怎麼講，應該說是長久以來都膽小如鼠的人嗎？還是說儘管她外表亮麗，可是防禦力卻很強呢？」

「膽小如鼠……是嗎？」

「唉，男人可能不懂啦。」

語畢，神田學姊輕笑出聲。

「這樣呀、這樣呀，對象是後藤小姐啊？」

神田學姊再次語重心長地說著，而後忽然抬起目光，緊盯著我瞧。

「你們已經交往了嗎？」

「咦，不……並沒有。」

「沒有在交往……是吧。」

神田學姊一副別有含意的神情重複著我的話語，隨後傾倒著威士忌杯，把還有一公分高的液體一飲而盡。

「……呼。」

「妳喝得真豪邁……」

「我很喜歡這種喉嚨刺痛的感覺呢……咳咳。」

「妳都嗆到了啦。」

儘管神田學姊以手指按著喉嚨並皺起臉龐，嘴巴仍是開心地彎了起來。她大口喝著先前沒什麼喝的冷水，接著深深吁了口氣。

「呼……那麼，吉田。」

「什麼事？」

神田學姊抬起頭，目不轉睛地看著我。感覺那對細長的鳳眼，都要把我吸進去了。

「和我上賓館去吧。」

剎那間我聽不懂她在講什麼，於是整個人愣住了。隨後，我的話語和呼吸一塊兒流洩而出。

「啥？」

「嗯？我說『和我上賓館去吧』。」

「咦……不，為什麼？」

「你問為什麼？」

聽聞我的提問，神田學姊瞪圓了雙眼。她的模樣像是在說「你怎麼會這麼問」。

「因為我好久沒和你做愛了，想來一下？」

「不不不不。」

我使勁左右揮動著手。神田學姊帶著恍惚的樣子看向我。她顯然是喝醉了。

「妳醉了啦。突然講這種話，會害我嚇到的。」

「哎呀，我的確是醉得不輕沒錯。不過——」

神田學姊面露鬆懈的笑容，並在桌上以手托腮。

「我想就算沒醉，也會開口邀約你就是了。」

「不不不不……」

「咦，你說自己沒有在和任何人交往對吧？那答應下來不好嗎？」

「不，我不能和不是女朋友的人做那種事啦。」

「那你要和我在一起嗎？」

神田學姊突如其來的話語，讓我感覺到血氣驟然往腦子衝。

「請妳適可而止。」

當我說完後，神田學姊依然撐著臉頰，歪過了頭。

「拜託妳不要隨隨便便地說出那種話來啦。妳並沒有那麼喜歡我吧？」

「在一起之後再喜歡上你就好啦。」

「呃……不……假如喜歡不了那該怎麼辦啊？若是妳像這樣順勢獻身給我，之後又分手的話，妳只會留下後悔喔。妳還是多珍惜自己一點比較好。」

「啊哈哈，吉田風格跑出來了。」

神田學姊聽到我這番話，忍不住笑了出來。只見她逗趣難耐似的抖著肩膀笑了一陣子之後，倏地對我露出沒什麼溫度的目光。

「你這點也沒變呢。」

「……妳這話……是什麼意思？」

「我的意思是，我現在只想和你做色色的事情而已啦。」

語畢，神田學姊以食指滑過手邊的玻璃杯。

「假如你當真視我為第一優先，那根本就不需要壓抑，順從自己的慾望和我上床就好啦。」

「不，這個……」

「我可沒有拜託你未來也要照顧我。」

神田學姊如是說，而後咧嘴露出微笑。

「你不用負責沒關係，我們來做愛啦。」

「……不。」

神田學姊的聲音，妖媚地在我腦中迴響著。

「縱使你不喜歡我，但我的身體應該很不賴吧？你記得嗎？」

我當然記得。無論是她迷人的嗓音，或是柔嫩到讓人不敢置信的肌膚。

「我不是那個意思。」

「……你這孬種。」

神田學姊這句挑釁的話語，使我感覺腦中某條血管「啵」地發出斷裂的聲音。

「我真的不會負責喔。」

「沒問題呀。」

神田學姊依舊朝著我露出了尋釁般的視線。

我的腦中浮現出她過去的裸體畫面。也許是酒精作祟的關係，但我整個人都亢奮起來了。

既然她都說好了，那發生這種事情或許也無所謂吧——我不禁這麼想。

「那麼……」

就真的上賓館去吧。

我正想如此說出口的時候，腦子裡頭忽然浮現出沙優的臉龐。

我拋下鐵定幫我煮了晚餐的沙優來到這裡。當我沒辦法吃到她所做的晚餐時，大多會在隔天早上吃掉。但如果我今天外宿的話，就連這樣也行不通了。

當然，煮飯這件事是沙優在我家生活的條件之一，這麼做也是為了她自己。然而，與其說她是帶著義務性質做事，很多情形都顯示出她是特地為了我而做。這點應該不是我的錯覺。

糟蹋人家專程煮給我的東西，這種舉動絕對不是一件好事。

我沸騰的思緒，逐漸冷卻下來。

「不……還是不要好了。」

聽到我這麼講，神田學姊臉上的神色明顯感到沮喪。

「……你果然是個窩囊廢。」

「不，我今天沒有在外過夜的意思。我不想花一兩個小時草草了事。」

我隱瞞著真正的理由，同時搬出並非謊言的話語來說明自己的心境。

總覺得最近我愈來愈會在不扯謊的狀況下，埋藏起自己不想提的事了。這肯定不是一件壞事。

聽聞我的解釋，神田學姊輕輕吐口氣，才點頭說道：

「嗯，不過夜的話，或許確實會有點手忙腳亂的呢。」

「就是說啊。而且……」

我緩緩吸了一口氣，闡述自己的感受。

「我還是沒辦法和女朋友以外的對象做愛。所以如果要交往，我傾向選擇能夠好好考慮到結婚這一步的人。」

神田學姊掛著無可言喻的神色，定睛盯著我這麼說。

「因此，今後我也不會和妳做那種事。假如妳無論如何都想那麼做，請妳去找別人吧。」

我斬釘截鐵地講完後，神田學姊先是愣愣地張開嘴巴凝視了我數秒鐘，之後才綻放笑容。

「啊哈哈，你真的完全沒變呢。」

神田學姊輕笑了幾聲，而後微微壓低語調，喃喃道：

「對喔，你……就是這樣的人。」

學姊忽地從我身上別開目光，露出好似凝望著某個遠方的表情。這張側臉我有看過的印象。只是，我想不起是何時看到的。

「我有點太得意忘形了。」

「咦？」

「沒事。好，回去吧。」

瞬間換了個表情的學姊微笑道，並直接抓起帳單。

「今天我來付吧。畢竟是我邀你來的。」

「咦……不，那樣不好意思啦。」

「並不會。只是我想請客，所以才會說讓我出錢。」

「可是……」

讓許久未見的學姊請一頓飯，我覺得不太好。

當我遲遲不肯答應時，神田學姊露出了苦笑。

「吉田，你變了很多，不過骨子裡還是一樣呢。」

「這……這是什麼意思？」

「嗯……」

神田學姊望向店裡的天花板，搔抓著鼻子。

「大概是『假裝關心別人，到頭來還是讓自己的行為原則優先於所有一切』吧？」

剛開始學姊還欲言又止的樣子，結果卻如此清楚明白地說了出口。

「不，我的意思並不是它本身有什麼不對。」

學姊隨即慌慌張張地揮手說道。

「我覺得堅持自己的行為原則是非常好的事。可是——」

此時學姊吸了一口氣，再從鼻子裡呼出來。她倏然把目光由我身上撇開。

「明明到最後只是照著自己的意思行動，卻誤以為是『為了對方好』，我認為這是你的壞習慣。」

我想講點什麼反駁神田學姊，卻說不出話來。

我才不是為了對方著想而行動——我很想這麼說，可是回顧自己的發言，我便語塞了下來。到頭來，現在我並不想和神田學姊有那種關係。這點我可以清楚肯定。但我剛才講了什麼？我說「妳還是多珍惜自己一點比較好」。

難道我在下意識之中，為了讓我倆雙方都相信「這個選擇是在替對方著想」，而挑了這樣的說詞嗎？

一思及此的瞬間，突然覺得自己好像是個充滿偽善的人。

「吉田。」

在學姊的呼喚下，我猛然回神。

坐在對面的神田學姊，窺探著我。

她面露柔和微笑，微微偏過頭之後，說道：

「我沒有在責備你。」

然後，手拿著帳單的她，從位子上站了起來。

「所以，今天就讓我請客吧。」

「……我知道了。多謝招待。」

「呵呵，很好。」

學姊踩著不怎麼高的鞋跟，喀喀喀地迅速走去。我眺望了她的背影一會兒後，才嘆口氣快步跟在她的後頭。

*

「啊，對了。」

離開居酒屋的我們聊著無關痛癢的話題，一塊兒走到離公司最近的車站。在穿過車站剪票口之後，神田學姊像是忽然想起來似的出聲說道。

「什麼事？」

「沒有啦，我是想說在這邊的分公司幾乎沒有認識的人，萬一有問題的時候沒什麼人可以依靠。所以方便的話，希望你告訴我聯絡方式。」

「喔，原來如此。好啊。」

「真的？謝謝你。」

我點頭應允之後，學姊露出天真無邪的微笑，並拿出智慧型手機來。接著，我也開啟了平常所使用的通訊軟體畫面。

「你有在用這個？」

「嗯，姑且有在用。」

「咦，是這樣呀？真令人意外……」

明明是自己主動詢問的，卻給了我一個挺沒禮貌的回應——儘管我有這種感覺，依然毫不介意地打開了軟體。由於和麻美交換聯絡方式時，我已經做過一次「讀取顯示在對方畫面上的ＱＲ Code」這個程序，於是我迅速地進入到讀取畫面。見狀，學姊更是瞪圓了雙眼。

「你之前給人不了解這種事物的印象，人還真的會改變呢。」

「呃，我也是近來才開始用這種軟體的啦。」

「是喔……是出於什麼誘因嗎？」

「不，並沒有。算是從善如流吧？」

「這樣呀……噗，yoshida-man是什麼啦？」

「我只是隨便取的而已。學姊，妳的真普通……」

我們轉眼間便交換完聯絡方式，我的「朋友」清單中多了一個「蒼」的名字。

只不過，頭像並非她的照片，而是一個穿著白色襯衫的男生背影。我對那張照片有種莫名的既視感，於是點擊了一下放大來看。而後，我感到困惑。

「咦……」

我忍不住發出驚疑的聲音，人在一旁的神田學姊便歪過頭去。

「嗯，怎麼啦？」

「不……沒事。」

我連忙關閉通訊軟體，再把手機收進口袋裡。

「嗯，如果醒著的話，我想自己應該隨時都能回應。有問題儘管說，別客氣。」

「好，謝謝你。」

神田學姊嫣然一笑後，轉身朝向階梯。那兒所通往的月台，和我要搭的電車位在反方向。

「我們倆方向相反呢。」

「是啊。」

「那今天就這樣嘍。謝謝你陪我來一趟。」

「不會。那麼公司見。」

打過招呼後，我也走向通往月台的階梯。照理說受她邀約共進晚餐只過了區區幾個鐘頭，我卻疲憊到彷彿度過了一段格外漫長的時光。今兒個一回家就立刻睡覺吧。

就在我心中如是想，並踩下階梯往月台去的同時——

「吉田。」

「唔哇，嚇死我了。」

神田學姊並未發出喀喀喀的腳步聲，就這麼出現在我正後方，害我差點踩空。

我先是看了看學姊的腳邊，緊接著親眼確認到她手上拎著自己的高跟鞋。

「呃，妳這是在幹嘛啊？」

「嘿嘿，嚇到了嗎？」

「不，妳一點腳步聲都沒有就靠過來，這我當然會嚇一跳啊。」

「要是發出聲響被你察覺到，那就不好玩啦。」

神田學姊對我的反應似乎感到很滿意，只見她「嗯嗯嗯」地逕自點著頭。

「但妳也犯不著做到這種地步——」

我指著學姊手邊的高跟鞋說，於是她掛著調皮搗蛋的微笑，搖頭說道：

「吉田，你真是個不明事理的人。我就是不惜如此也想嚇到你呀。」

「喔……」

「你最好更用心一點聆聽別人所說的話。」

「我有在聽啊。聽了之後才在問『這件事情是否有重要到得讓妳那麼做』。」

「不。」

神田學姊把高跟鞋放在地上，草率地把腳套進去，同時說道：

「那就叫作『沒有在聽』啦。我就是想嚇唬你呀。為此不能發出腳步聲，所以我才脫掉鞋子。單單聽我所說的話，應該就能理解我『非得做到那種地步不可』的理由才對……嘿咻。」

穿完兩隻鞋子後，神田學姊吐著舌頭。

「就是說你隨時都開著吉田濾鏡的意思啦。」

「吉田濾鏡……」

「不過，到頭來自己終歸就只是自己，沒辦法徹底拿掉濾鏡聽別人講話就是了。」

神田學姊猛地拍了拍我的肩膀。看她奮力地高高舉起手，可是卻一點都不痛。

「因為你的濾鏡有著厚實又奇怪的形狀！」

「這什麼意思啊？」

「就是字面上的意思。我覺得你最好把它弄得薄一點喔。那再見嘍。」

「咦，啊……妳辛苦了。」

神田學姊暢所欲言後，舉起一隻手離去了。這次我目送她的背影直到爬上反方向月台的樓梯為止。感覺她沒有要再度回來嚇我的意思。

「唉……」

我重重地嘆著氣。

吉田濾鏡是嗎……

我回想起神田學姊對我說過的話。

儘管有著程度之別，人類都擁有基於過往經驗及思考累積而成的價值觀，因此有時會無法率直地聽對方說話——是這個意思嗎？

或許確實正如她所言，我在傾聽方面也有問題，可是追根究柢，是神田學姊的發言本身聽起來太像玩笑話了。

單單只為了特地嚇唬我，便在外頭脫了鞋子後悄然逼近而來。我不太相信有人真的會這麼做。

「吉田。」

「唔哇，嚇死我了！」

「你嚇到了嗎？」

「妳給我差不多一點！」

我也沒料到，竟然會有人連續做了兩次。

幾乎要跌倒的我轉身向後，發現神田學姊又脫掉了鞋子，在那兒捧腹大笑。

第8話 邂逅

「唉……」

「總覺得妳今天很常嘆氣耶？發生了什麼事嗎？」

閒閒沒事站在一旁的麻美冷不防地向我攀談，我嚇得雙肩一顫。

「咦？」

「咦什麼咦呀，妳剛剛也嘆了好大一口氣。」

「妳騙人，才沒有啦。」

「就是有。是下意識的舉動嗎？」

麻美一臉煩躁地把披在肩膀上的頭髮往後撥，而後偏過頭再次問道：

「是不是發生了什麼狀況？」

「不……倒也不是那樣。」

說著說著，我回憶起前一天的事情來。

昨天，吉田先生在外面吃過飯才回來，而且到家的時間很晚。

由於事前收到的訊息並未提到一塊兒用餐的人是誰，我若無其事地詢問回家的吉田先生，才知道對方是他那個高中時期的女朋友。

回到家的吉田先生，規規矩矩地為了沒能在家吃晚飯一事道歉，之後很罕見地立刻到浴室去沖了個澡。而他沖完澡之後，帶著一副茫然思索的模樣躺在床上無所事事了幾十分鐘，除此之外什麼也沒做就睡了。

忽然吃外食、晚歸，以及不尋常的吉田先生。

倘若一件一件分開來看，都是些司空見慣的小事，但所有事情一起發生，便會讓我忍不住胡思亂想。

像是「他真的只是去吃個飯而已嗎」，或是「如果不僅如此，那他還做了什麼呢」之類的。

心中想著這些事情的我，感到苦悶不已。

「不過，無論吉田先生在哪裡做什麼，都沒有我插嘴的餘地就是了。」

我向麻美解釋昨天發生的事情，而且還告訴她我莫名地悶悶不樂。在這段期間，店裡頭一個客人也沒有上門。儘管這間超商原本就並未門庭若市，今兒個卻比平常還閒。

我忽然注意到愛說話的麻美沒有反應，於是往她那邊望去，結果發現她正張大了嘴巴看著我。

「咦，怎麼了？」

「沙優妹仔，那表示……」

麻美蹙起眉頭，一副難以啟齒的樣子。

在我歪頭不解時，辦公室的門扉幾乎同一時間打開了。矢口從裡面探出頭來。

「我休息完了。」

明顯剛睡醒的矢口以軟趴趴的聲音說著，同時從辦公室走了出來。

「感覺好像還沒什麼事耶。麻美，妳也趁現在去休息啦。」

「了解，那我去休息啦。」

麻美點點頭，再輕輕對我揮揮手之後，進到辦公室去了。

我很介意她剛剛原本想說的話，不過下次再問就好了吧。

「小睡實在太成功，讓我吃了一驚。」

我身旁的矢口「嗯」一聲伸了個懶腰。

「你在休息前就一副很睏的樣子嘛。」

「一旦濕度變高，就會讓人想睡覺啊。」

「咦，這什麼意思？」

「原理我不懂，但我打從以前就是那樣了。不過剛剛睡一下舒服多了，感覺勉強可以撐到下班。」

矢口伸手扠腰，「嗯嗯嗯」地連連點頭。接著他再次面向我這邊。

「還有剩下什麼工作要做嗎？」

「沒有……大部分都做完了。」

「我想也是呢……不管怎麼說，妳們兩個人都很認真，所以不會放著沒做完的工作在收銀檯閒聊呢。」

露出苦笑的矢口忽然把視線轉向外頭，接著拍了拍我的肩膀。

「又來了。」

「咦？」

「就是那輛高級轎車。」

聽他這麼一提，我看向超商外面，發現平時那輛高級轎車正要停下來。

「真的耶。感覺我或許是第一次目睹到停車的瞬間。」

「真的……喔？」

矢口之所以會疑惑地發出聲音，其理由十分簡單明瞭。

因為平常總是停在那兒的轎車，後座的門打開了。

「對方今天會來買東西嗎？」

我聽著矢口似笑非笑地這麼說，同時也不經意地將視線投向車輛後座。究竟會是什麼樣的人下車呢？

緩緩走下來的男子，身材高挑纖瘦，還穿著西裝。繫在白色襯衫上的藍色領帶，顯得特別亮眼。而他還有一頭帶了點茶色的黑髮，以及……

在我凝神端詳對方長相的當下，有種全身嚇得冰冷不已的感覺。

車門關上後，那名男子朝這邊邁出腳步的瞬間，我便不假思索地蹲在櫃檯後方。

「咦，妳怎麼啦？」

俯視著我的矢口感到困惑。我一句話也說不出來，只能縮在那裡發抖。矢口反覆看向我和超商外頭，接著歪過了頭。

「難不成……妳認識他？」

面對這個問題，我連連頷首稱是。

「感覺妳不想見他？」

我又再度點頭如搗蒜地回應。

於是，矢口快步走到辦公室前，以一派自然的模樣打開了門，並小小聲地說：

「妳蹲著進辦公室去吧。」

嚇了一跳的我望向矢口的臉，發現他並未看著我，又補了一句：「快點。」當我察

覺到矢口之所以不看我，是為了不讓外頭的男子發現我的存在後，我便趕忙蹲著鑽過辦公室的門扉。

矢口燦爛一笑，隨後關上了門。

人在裡面的麻美，露出一臉呆愣的模樣看向我。

「咦，怎麼啦？」

「有……有點狀況……」

逃進暫時的避風港後，我終於能夠開口說話了。然而，心跳卻快得連我自己都感到吃驚。我的呼吸也變得有點急促。

為什麼……

我腦中浮現下車而來的那名男子的臉孔，冷汗冒個不停。

為什麼哥哥會到這兒來？

*

「歡迎光臨——」

我發出無精打采的聲音，向走進超商的那名西裝男子打招呼。

希望他只是來買東西的就好了——我心裡這麼想，同時以視野一角窺探著男客人的動向，結果他毫不猶豫地來到櫃檯這邊了。

「歡迎光臨。」

我以皮笑肉不笑的表情，接待站在收銀檯前的男客人。他的臉上也掛著類似的虛假笑容。

「抱歉，打擾你工作了。這是我的名片。」

語畢，他從懷裡拿出名片盒，再遞了一張裡頭的東西給我。在這個當下，他並非來購物的事情，便昭然若揭了。

「喔。」

我含糊地點頭回應，單手收下那張名片。現在的我是超商店員，什麼商業禮儀不關我的事。

「荻原食品股份有限公司　董事長　荻原一颯」。

上頭以簡單的字體這麼寫著。

雖然我維持著面無表情的樣子，心中卻有點動搖。荻原食品可是赫赫有名的公司，用不著特別努力回想，也會讓人想到「喔，是那家冷凍食品製造商」。此等公司的社長專程到這種化外之地的超商來亮出名片，究竟是什麼狀況？

儘管我心生疑問，卻隱隱約約覺得自己知道答案。提示就是躲到裡頭去的沙優。

「我想請教您一件事。」

荻原社長不改營業用笑容，開口說道。

「我在找一個名叫荻原沙優的女孩子，她是否有在這邊工作呢？」

看，就說吧——我在心底嘆了口氣。

我原先就覺得，一個高中生離家出走好幾個月，家人卻沒有報案協尋很奇怪，不過他們果然確實有在找人。

話雖如此，這和我八竿子打不著關係。最重要的是，眼前這名男子所散發的氛圍，讓我很不喜歡。

「我沒聽過這個名字，是不是別間超商的人呢？」

聽我這麼回答，荻原社長的眉頭便抽動了一下。

「就我託人調查的結果，掌握到了她在這裡受僱的情報。」

「我想是訊息有誤喔。」

「店長人在哪裡？」

這個問題我早料到了。店長今天恰巧沒有排班。虧他口口聲聲講什麼「託人調查」這種聽來讓人忐忑不安的話，卻沒有算準店長在的日子前來，還真是掉以輕心。感覺他似乎不習慣做這種事情。

「他今天沒有上班。若是您有什麼事情要轉達，我可以協助……」

我面不改色地講完後，他露出一副有話想說的模樣直盯著我的雙眼看，之後做作地吁了一口氣。

「這樣啊。那麼請您告訴他，我會擇日再訪。」

「不管您來幾次，我們店裡就是沒有那個女孩啦。」

「這點我會向店長確認。那麼告辭。」

社長的笑容底下明顯流露出不悅，他稍稍點頭致意後便快步走出店裡了。

「……居然不買東西就離開喔？」

我低聲喃喃道，並目送著他的背影。

當他坐上車之後，高級轎車隨即駛離了。迄今之所以會停很久，八成是為了掌握到沙優確實在這間店上班的證據吧。很難想像社長每次都會親自來觀察。恐怕是社長的祕書或什麼人，在他工作時前來視察吧。

不過，那個沙優居然和荻原食品的社長有血緣關係，真教人吃驚。社長看起來挺年輕的，會是她的父親嗎？假設當真如此，或許他們的家庭關係很複雜也說不定。

內心如是想的我，回想起他的表情。

儘管態度謙恭，卻堅信自己能夠百分之百獲勝的神情，是我最討厭的東西。

愈是在其他各個領域獲得成功的人，我愈想讓對方在某些地方嘗到失敗的滋味。因為我的個性扭曲不已，光是見到那種好像「人生勝利組」的人，就會產生過敏。

「啊，對喔……」

我忽地想起沙優還躲在辦公室裡。我來到超商入口，走出自動門並環顧周遭。確認到高級轎車已經完全離開之後，才又回到店裡。

我打開辦公室的門往裡頭窺探，結果和蹲坐在牆角的沙優對上了眼。她的表情流露出徹底的恐懼。

「妳可以出來了，沒事嘍。」

「他……他走了嗎？」

「嗯。」

「這……這樣呀……」

吁著氣的沙優，顯然放下了心中的大石頭。我側眼望著這樣的她，回到店面去。

不過，這下子事情可不得了耶──我在腦中自言自語。

既然對方有在找她，而且所在之處幾乎已經曝光，那麼她的自由時間也不長了吧。

還有收留她在家裡住的……我忘了叫什麼名字，那個很認真的人。視情況而定，搞不好對方不會輕易地放過他。

事態會怎麼發展呢——我心中這麼想著。

而後立刻轉念一想：這跟我無關嘛。

*

「大哥？」

「對，是我哥哥。」

我在辦公室裡和麻美悄聲交談著。

「咦，妳大哥現在來到外頭了？」

「嗯……」

「感……感覺是來找妳的嗎？」

「我想……是的。」

見我頷首肯定，麻美伸出手指捲動著自己的頭髮，同時「嗯嗯嗯」地低吟著。

「既然家人在找妳的話……回去應該比較好耶。」

說到這裡，麻美瞄了我一眼。

「……妳似乎還不想回家對吧？」

「……嗯，對……應該說，我還沒有做好心理準備。」

「這樣呀。」

麻美點點頭之後，就不再繼續開口說話，而是默默地握著我的手。麻美的手相當地溫暖。

當我們倆不發一語時，矢口和哥哥的聲音略略隔著牆壁傳來，但我聽不清楚他們談話的內容。

哥哥果然來找我了。還是來了。

也許把手機丟了並不是個好主意。他原本就很擔心我，再也聯絡不上會令他更是憂心忡忡吧。

話雖如此，哥哥頻頻傳來「給我回家」這種內容的郵件，當時的我根本無法承受。雖然我跟哥哥無冤無仇，但無論如何我都不願回到那個家去。

辦公室的門扉喀嚓一聲打開後，矢口探出了頭來。

「妳可以出來了，沒事嘍。」

掛著燦爛笑容如此述說的矢口，令我有種莫名的安心感。

「他……他走了嗎？」

「嗯。」

「這……這樣呀……」

當我慎重起見地確認過後，放心到渾身乏力的地步，嘆息自然而然地流洩而出。

矢口帶著難以言喻的表情看了看我的模樣，之後一聲不吭地回店面去了。

「啊，我也得回去才行了。感……感覺好像上班偷懶一樣，抱歉。」

聽我說完，麻美啞然失笑。

「跟我道歉做什麼呀？是說，就算待在店裡頭，今天也只能閒聊吧。」

「或……或許是這樣子沒錯啦……」

「好啦，去吧去吧。我要念書到休息時間的最後一刻為止，拜託妳別打擾我唄。」

麻美如是說，手指著一本攤開的參考書。打攪到她，我心中感到過意不去。

「抱歉，礙到妳了。」

「不要緊、不要緊。」

「……謝謝妳陪在我身邊。」

聽聞我這句話，麻美一句話也沒有說，僅是露齒一笑。

我離開辦公室來到店裡。儘管知道哥哥已經離開了，卻忍不住東張西望。

「剛剛那是……妳的家人對吧？是父親嗎？」

站在收銀檯的矢口，帶著茫然的語調開口問道。我認為受他相助卻不告知詳情實在不妥，於是決定誠實答覆。

「不……那是我哥哥。」

「原來如此，是妳哥哥啊。的確，我也覺得以父親來說顯得太年輕了。」

矢口一副理解了狀況似的反覆點頭，而後忽然浮現出惡作劇般的表情。

「他長得真帥耶。這就是所謂的『血濃於水』呢。你們家都是些俊男美女對吧？」

矢口這道明顯在調侃人的口吻使我感到害臊，於是我把目光由他身上別開。

「請你別逗我了。」

語畢，我才轉念想到還有更應該講的話。

「那個……謝謝你幫了我。」

聞言，矢口揚起雙邊眉毛，刻意做出目瞪口呆的樣子。

「不，我並沒有幫妳啊。」

「可是你讓我躲了起來。」

「嗯，就結果來說是那樣啦。」

矢口如是說，接著發出苦笑。

「我很討厭那種人。」

「那種人……是指？」

聽見我反問，他先是「嗯──」地沉吟了一聲，才接著說了下去。

「擁有力量，認為可以隨心所欲地控制別人的人生──大概是這樣的人吧。」

講完這句話，矢口面露鬆懈的笑容。

「我奉行享樂主義，所以覺得大家只要照著自己開心的方式過活就好。因此，倘若他硬是要把不想回家的妳給帶回去，那麼我就不會協助他。」

矢口很罕見地斷定道。接著，他的神色帶了一點陰霾。

「但我倒也沒什麼地方好幫妳的，頂多只能裝蒜給他看而已。」

語畢，矢口側眼望著我。他的眼神，不見平日那副略顯溫厚的模樣。

「他是認真的。大人拿出真本事來是很可怕的。」

「……是呀。」

「也許妳還能到處逃竄的時候不多了。」

矢口先是這麼說，之後沉默了片刻，才倏地露出戲謔笑容。

「不過跟我無關就是了啦。」

矢口鑽過我身旁敲著我的肩膀說，接著他走到飲料區的倉庫去了。我目送他的背影，心思不停打轉著。

也許妳還能到處逃竄的時候不多了——如同矢口這番話所言，既然哥哥都來到這裡了，我想自己所剩的時間也不長了。

一直拖拖拉拉地延長的逃亡期間，總算要告終了。不僅是我，想必就連吉田先生也一樣，以為我回家的時間點是由自己決定的。然而，現實情況並沒有那麼簡單。

我果然太過小看事情的嚴重性了。

即使如此告誡自己，我也無法輕易地釐清思緒。這場蹺家記的結局來得比我預料的還要快許多，我無從因應。

冷氣機的風吹涼我的身子，使我起了雞皮疙瘩。

不知怎地，我覺得寒冷無比。

第9話 聯絡方式

「吉田前輩，你最近常常在看手機呢。」

一如往常點了鮭魚套餐的三島拿筷子戳著魚，同時說道。

又是這個話題啊——我差點出聲嘆氣，結果忍下來了。後藤小姐也逼問過我同樣的內容，這件事仍然記憶猶新。

「後藤小姐也對我講過一樣的話喔。」

我稍微皺起臉來如此回答，於是三島毫不掩飾地噘起嘴唇，一副不開心的樣子。

「這表示，你看手機的次數多到上司都發現啦。」

「公司又沒有禁止。再說我根本沒有躲起來用啊。」

「嗯哼，也是呢。」

三島哼了一聲，而後豪邁地吃起鮭魚和白米飯。她先是一陣咀嚼後把食物吞進肚子裡，才再次開口說話。這麼說來，感覺近來三島邊吃東西邊說話的頻率減少了許多。她是有在注意嗎？

「你是在跟沙優聊天嗎？」

「嗯，幾乎都是她吧。」

「幾乎。」

「對，幾乎。我還有和其他幾個人交換聯絡方式，可是多半都沒有交流。」

「是喔……」

聽聞我這番話，三島淩厲地瞇起眼睛，並把手掌向上攤開伸了過來，像是要跟我要求什麼東西的樣子。

「幹嘛啦？」

「請你借我看看。」

「啊？」

「我是說通訊錄啦。我很在意你跟誰有聯繫。」

「喔……這種東西看了也不能怎樣吧。」

我說著說著，心想「這也沒什麼好隱瞞的」，便從口袋裡拿出手機來。如果她一直針對這個話題死纏爛打，反倒比較麻煩。

我啟動通訊軟體，開啟「朋友」的畫面後將手機遞給三島。三島從我手中接過機子後，露出一臉愕然的樣子。

「好少喔！」

「所以我就說了吧。」

「不，這實在少得超乎想像。你沒有學生時期的朋友嗎……」

「我和那些人是以郵件聯絡啦。我沒有會利用通訊軟體閒磕牙的對象。」

「原來如此……後藤小姐，還有沙優……嗯？」

三島猛地蹙起眉頭來。

「這個『蒼』是誰？」

「喔，是神田學姊啦。」

「……嗯哼——」

三島對我露出陰鬱的目光，接著語帶不屑地說：

「你的手腳還真快呢！」

「什麼東西啦！」

「你明明就問也不問我的聯絡方式……」

「不，因為沒必要啊。」

「那神田小姐就有必要嗎！你們又不同部門，是要拿來幹什麼呀——！」

「吵死了妳，又不是我主動問來的！妳幹嘛從剛剛開始就在發神經啊！」

三島格外大聲地糾纏著我，於是我也忍不住拉大了嗓門回應。假如橋本在場，鐵定會被他笑吧。

橋本今天很難得地受到上司邀約去外頭吃午飯了，所以現在是我和三島兩個人在共進午餐。

「看你朋友少得可憐兮兮的，我就幫你登錄一下我的資料吧。」

「不了，不需要啦。」

「你是怎樣呀？從剛才就嚷嚷著什麼『沒必要』或『不需要』的！不覺得很沒禮貌嗎！」

「講人家『朋友少得可憐兮兮的』比較失禮吧！」

三島氣呼呼地鼓著臉頰，操作起我的手機來。隨後，她立即把畫面亮給我看。我的「朋友」一覽之中，追加了「ＹＵ」這個名字。

「『ＹＵ』是什麼意思啊？」

「就是柚葉的『ＹＵ』。我才要問你，yoshida-man是什麼呀？」

「你們怎麼每個人都提到這點啊？」

我萬萬沒料到，「yoshida-man」這個隨便取的帳號名稱，竟然會遭所有人吐槽到這種地步。

「來，還給你。」

三島把手機遞給我之後，重新握起筷子。我將手機收進口袋裡，也開始吃起中式拉麵來。這種麵糊掉的速度特別快，它已經變得十分軟爛了。然而，我出乎意料地並不討厭這種有點泡爛的麵。

「那個……前輩。」

三島低聲說道。她的視線落在桌上，一副消沉不已的模樣，和方才截然不同。

「……幹嘛？」

三島的氛圍改變得極為突然，讓我嚇了一跳，於是我也停下筷子望著她。

「我覺得……自己和你共事的時間還挺長的。」

「嗯，是啊。」

「也常常一塊兒吃飯，還一起看過電影。」

「的確呢。」

聽見我的附和，三島霎時間狠瞪著我的雙眼，不過隨即又沮喪地低下了頭。

「……我自認為我們倆的交情還挺不錯的。所以聽你說不需要我的聯絡方式時……我有點受傷。」

三島這番話令我嘴巴開開合合的，無言以對。

「你可以再多關注我這個人，而不是只把我當成公司後進呀。」

「呃……」

「我對你來說就那麼無所謂……」

「慢著、慢著。」

我打斷三島講話，左右揮著手。

「為啥狀況會變成這樣啊？我沒有那樣講吧？」

「如果有所謂的話，就算沒必要，起碼也會交換聯絡方式吧？我認為這種事情的重點在於想不想做，而不是需不需要。」

「不，我沒有那個意思……」

看來我們兩個在雞同鴨講。我並非因為感覺不到三島的魅力，才拒絕和她交換聯絡方式。

「我說啊……這個……」

一旦試圖把自己的心情說出口，它就沒辦法好好化為言語，導致我結結巴巴的。

「並不是妳有什麼問題啦。我一直把妳……當成橋本及遠藤那樣，是個比其他社員來得要好許多的同事。只不過……」

我並非認為三島沒有魅力，不如說正好相反。

「我會不禁覺得，明明沒必要卻又和我交換了聯絡方式，到底要聊什麼才好？」

「咦？」

面對我的話語，三島連連眨了幾次眼睛。我不顧她的反應，逕自說了下去。倘若我在這裡噤口不語，我所要表達的意思將會變得含混不清，再也不可能重現──我有這種感覺。

「就是說，我是個沒有任何嗜好且無趣的人。就算特意和我這種人交換聯絡方式，也沒辦法聊得很開心吧。假如我是個話匣子更多的人倒還另當別論……我不會沒事傳訊息給人家；即使收到訊息，也想不出什麼機靈的回應啦。」

我拚命述說著自己的想法。說著說著，我同時莫名客觀地心想：原來我腦中是這樣想的啊。

然而，聽著我說話的三島，神色轉眼間變得愈來愈險峻。而她在我講完話的同時，露出按捺不住的模樣開口說道：

「不不不不……唉……你……你這是哪門子道理？我完全搞不懂。」

略微語帶顫抖，三島帶著一副困窘的樣子抓了抓頭。

「換句話說，是這個意思嗎──」

三島目光銳利地瞪著我的眼睛。

「你認為自己沒有讓人家平白無故交換聯絡方式的魅力——這是你想表達的嗎？」

「呃……嗯……簡單說就是那麼一回事。」

「唉……你真的……」

三島毫不掩飾地嘆了口氣，而後略帶不屑地說道：

「好像蠢蛋一樣。」

「啥？」

「不，不是『好像』，你就是蠢蛋。吉田前輩，你真的很蠢耶。」

「怎樣啦，妳幹嘛忽然一副來吵架的樣子啊？」

遣詞用字突然帶有攻擊性的三島使我心生困惑。見到我的態度，三島似乎更是火上心頭，語氣又變得更重了。

「與其說你蠢，倒不如說是傲慢吧！你什麼事情都單憑自己的價值觀做出選擇。有時候我會覺得那是你的優點，但現在真的差勁透了。」

三島講話愈來愈快，但那些內容卻刺中了我的心。這是因為，昨天神田學姊才對我說過類似的話。

「或許那樣子你可以接受啦，但我的心情又該如何是好呢？」

「什麼妳的心情啊？」

「就是說……」

三島瞪大了雙眼，臉上的神色明顯透露出憤怒。然而，就在三島深深吸了一口氣的時候，她像是恍然回神似的垂下肩膀，之後緩緩吐著氣。感覺像是「差點破口大罵卻作罷」的樣子。

「……我一直很想和你交換聯絡方式喔。」

「呃，這個……剛剛我已經被迫和妳換過啦。」

「明明沒那個意願，卻不惜搶走人家的手機也要留下聯絡方式——天底下有這種人嗎？」

「……可能沒有吧。」

「就是沒有啦。」

三島的鼻子哼了一聲，再低聲說道：

「我也不是不分青紅皂白地隨便跟人家要聯絡方式喔。應該說，在公司裡我只有主動跟你要過。」

接著，三島先是瞄了我一眼，又立刻撇開。感覺她的臉頰要比平時紅潤，不知是否我多心了。

「我之所以會開口詢問，是因為我喜歡你。」

語畢，三島沉默數秒鐘之後，又補充了一句話：

「……還挺喜歡的。」

「挺喜歡的……是吧。」

我挑出三島這句話來講，結果又看到她狀似不滿地鼓起臉頰，不過隨後她立刻就嘆起氣來了。

「唉……總而言之呢，因為我想要你的聯絡方式，所以才會強行逼你交換。這樣子你能夠接受嗎？」

「嗯……既然妳這麼說，那我也只能接受啦。」

見我點點頭回應，三島先是再度嘆了口氣，才像是回想起來似的拿起筷子。見狀，我也記起自己用餐用到一半，而看向眼前的碗公。麵條明顯地整個泡爛了。我連忙取用筷子吸了一口，於是發現自己從沒吃過這麼軟爛的麵。爛成這副德性，實在已經稱不上是麵了，不怎麼好吃。

我們彼此不發一語地吃了幾分鐘。而就在三島把套餐的鮭魚一掃而空的時間點，她喃喃開口說道：

「……假如你不覺得麻煩，我會再約你去看電影喔。」

講完這句話，三島便像是在遮羞似的喝起蛤蜊味噌湯來。

「喔。」

我也簡短地回應她，之後吸著剩下的麵條。

我的內心所感，以及對方的期盼。

我只能透過自己的觀點看事情，但從昨天神田學姊還有今天三島的對話當中，我體認到自己可能太過片面了。

我從以前就覺得「很不喜歡掌握不到對話節奏的女人」，可是從對方的角度來看，我搞不好也是一個極其難聊的對象。

我心想，這個問題還真難處理。

儘管我心中明白，世界不可能以我為中心打轉，不過對我而言，自己的立身之處便是世界中心，這點無論多麼努力都無法改變。

我口袋裡的手機冷不防地震動起來，於是我慌忙地拿出來看，發現「ＹＵ」傳了訊息過來。

『你的麵都糊了耶，感覺超難吃的。』

我看了訊息內容後皺起臉龐。還不是妳害的——正想這麼回的我打消了念頭。

明明用嘴巴講就好，三島卻特地透過通訊軟體發訊息來。這讓我覺得，應該要利用軟體回應才對。

『我從沒吃過這麼難吃的中式拉麵。』

我輸入這樣的句子傳回去，三島便發出輕笑，然後把視線投向我身上。

「吉田前輩，感覺你好像小朋友一樣老實喔。」

語畢，三島又嘻嘻笑了起來。

「我也很喜歡你這點。」

看見三島笑開懷地如此表示，我也跟著她一起笑了。

我該怎麼解讀她剛剛這番話才好呢？我試著略作思索，但即使偷看她的表情，也只覺得三島是在說笑，到頭來我什麼也沒搞清楚。

第10話 夏日祭典

一下子是神田學姊調來，一下子是三島在餐廳莫名地咄咄逼人，充滿此種精神疲勞的平日結束了。

休假造訪後，首先我會貪睡到連自己都覺得明顯睡太多的地步。沙優平常會天天叫我起床，但假日不管我怎麼睡，她都不會來叫我。

當我接受她的好意，反覆睡回籠覺睡到有力氣自然而然地起身的時候，這才發現時間來到下午三點了。由於昨天我是午夜十二點過後上床睡覺的，單純計算下來大概睡了十五個小時。躺了這麼久，睡意再怎麼樣也完全消失了。我左右搖晃著有點朦朧不清的腦袋，意識隨即清醒過來了。

我抬起頭看向一旁，只見沙優像隻鼠婦一樣蜷縮在地毯上。

「……沙優，早安。」

「早安——」

開口回應的沙優並未看向我這裡。她的語調顯得格外有氣無力，感覺注意力不怎麼

集中。

「妳幾點起床的啊？」

「嗯？」

「妳一直睡到剛剛嗎？」

「嗯……」

我拋出了幾個問題之後，發現沙優的模樣怪怪的。很顯然她心不在焉。

我輕輕吸了一口氣，以略大的嗓音再次呼喚她。

「沙優！」

「呀！」

只見沙優嚇得身子一顫，吃驚地翻身朝向我這邊。

「……早安。」

「早……早安。」

「妳在睡覺嗎？」

「不……沒有，我醒著。抱歉喔，我剛才稍微發呆了一下……」

聽見沙優的回答，我不禁苦笑。無論怎麼看，那都不是只有「稍微」的程度。

「妳在想事情嗎？」

我從床上坐起身子並開口詢問，於是沙優也蠕動著起身，露出難以言喻的表情。接著，她的臉龐浮現出無力的笑容。

「不，沒什麼事啦。」

她如此說道。

「……是嗎？」

儘管她的模樣讓我覺得有點突兀，但我轉念一想，既然沙優都說沒事了，我再追問下去八成也不能怎樣，於是就沒有繼續深究了。

我原先想找個新的話題來替代，可是想不到什麼點子，結果只能盤腿坐在床上靠著牆壁。坐起身的沙優，也只是一臉茫然的樣子瞧著地板。大概是因為躺著的關係，她的頭髮黏在一邊的臉頰上，讓我忍不住直盯著看。感覺只要用手指一撥就能輕易弄掉，而我也想替她這麼做，但剛起床的身體莫名疲憊，使我湧現不出特地從床上起身去幫她撥頭髮的力氣。

這時沙優忽地抬起視線，和我對上了眼。我們就這樣彼此凝望了好幾秒。表情依然呆滯的她，即使和我四目相望，感覺也像是在想別的事情一樣。

「當我在考慮回北海道老家的時候呀——」

沙優冷不防地開口說話，我不禁嚇了一跳。一瞬間我擔心她是否在對我講話，不過在場的人只有我一個，無論怎麼想都能明白談話對象是我。

「我心裡覺得『果然還是不想回去』，但——」

說到這裡，沙優「呵呵」兩聲，面露自嘲的笑容。她的目光又落在地上了。

「自己究竟是單純不想回去，抑或是——」

喃喃接著說下去的沙優，彷彿對著地板拋出這些話語似的。而後，她的視線再次回到我身上來。

「抑或是，不願和你分離，所以不想回家呢……」

沙優的語氣變得微弱，並隨之再度低下頭去。

「我搞不清楚了。」

語畢，她又默不作聲了。

我無法做出任何回應，只能半張著嘴巴。

沙優曾在梅雨時期對我說過「會去思考未來的事情」。這和明確地宣告「會準備回到自己應當所在之處」帶有相同意義，也是我們兩人重要的約定。

八成有在朝這個目標努力不懈的她，對我吐露「果然還是不想回去」這種喪氣話，首先使我感到震驚。

我其實絲毫沒有責備這件事本身的意思。追根究柢，她就是不願回到那個家才會逃出來，在這個時間點依然無法正面看待回家一事，似乎也是理所當然的。我只是驚訝於她「說出口」這個舉動。

就我的了解，沙優的個性老是會介意對方的心情。都已經和我約好要回家去了，卻對我做出「不想回去」的發言，會不會因此讓我對她抱持著「太過依賴別人」或「沒有遵守約定的意思」之類的感想呢——感覺迄今的她會忍不住在腦中如此胡思亂想。這樣的她之所以會對我這麼講，當中究竟帶有怎樣的涵義呢？

還有，「不願和你分離」這個部分，也讓我很在意。

我認為，我們倆確實花了一段很長的時間培育出信任關係。但她有這麼需要我，甚至到了會親口講出「不願分開」這種感想的地步嗎？

「這個……」

想到這兒，我搖了搖頭。在上班日的時候，神田學姊及三島對我反覆提及的話語，重新在我腦中復甦了過來。

「只有妳自己……才曉得。」

儘管清楚這個答案實在太過馬虎，絲毫不具備她所渴求的內容，我依然如此回覆。我只能……這樣子回答了。

聽聞我這句話，沙優一副猛然回神似的連連眨了數次眼睛，之後啞然失笑。

「也是呢。抱歉喔，我講了奇怪的話。」

語畢，沙優臉上浮現出無力的笑容。

「不，沒關係……妳壓抑了很久吧。」

我開口回應後，沙優一臉過意不去地露出苦笑，才微微點了個頭。

「……嗯，你睡覺的時候，我一直都在想。」

「這個……難為妳了。」

「……嗯。」

霎時間，感覺沙優帶了點鼻音，不過她隨即吸了吸鼻子，抬起頭來。接著她站起身子，走向廚房去。

我茫茫然地眺望著沙優這副模樣，見到她裝了一杯水回來。

「來。」

「喔？」

「喝水。聽說起床之後立刻喝掉一整杯水，胃會醒過來，身體也會變得有活力。」

「這是怎樣？真的假的啊？」

「我從網路上看來的。」

「感覺超像騙人的……總之，謝啦。」

我接過杯子，喝了一口水。剛起床時的喉嚨還黏膩膩的，有種冷水漸漸融入我身體裡的感覺。第一口水讓我喝得很起勁，於是我就這麼一鼓作氣地喝光了剩下的水。

「喔——你喝得真是豪邁。」

「吵死啦。」

我從床上站起來，自個兒去把杯子放在流理台上。

就在我放下杯子的同時，感覺好像聽見了某種低沉的爆炸聲，我便轉頭看向沙優那邊去。

「剛剛是不是有什麼聲音？」

「咦？」

沙優露出呆愣的模樣歪過頭去。

「我沒聽見耶。」

從沙優的反應，看來她真的沒有聽到。

「……是我聽錯了嗎？」

「啊……」

在我講完話的當下，外頭又傳來了爆炸聲響。

「果然有聲音對吧。」

這次沙優好像也聽到了，只見她不住連連點頭。

之後我們倆不發一語地屏氣凝神好幾秒鐘，結果發現相同聲音會以一定的間隔從外面傳來。

沙優偏著頭說：

「……是煙火嗎？」

「不，現在不是放煙火的時候吧。」

現在的時間才過下午三點左右。雖然太陽已經開始慢慢西下了，卻也絕對沒有昏暗到可以看見美麗的煙火。

「啊……」

想到這裡，我急忙回到床上去，然後啟動擱在旁邊的筆電。

「怎麼啦？」

沙優似乎也有興趣，從我身旁窺視著畫面。

「沒有啦，我只是在想搞不好有活動。」

我連上網際網路，在搜尋欄位中填入離家最近的車站名字，再追加「祭典」這個關鍵字來搜尋。

而後，立刻便知道事情被我料中了。

搜尋結果顯示著夏日祭典的資訊。從距離這兒走路不用十分鐘的佑大神社到附近的商店街，都是活動舉辦的範圍。

「日期是今天，而且天氣又晴朗，八成是提醒大家有祭典要舉行的空包彈吧。」

「啊，原來如此喔。」

沙優露出一副認同的模樣，「嗯嗯嗯」地點著頭。緊接著，她掛著一張好似凝望著遠方的表情，略微瞇起了雙眼低聲道：

「是夏日祭典呀……」

她的語調聽起來像是在緬懷，又像是切割著與自己無關的事物一樣。

「妳想去嗎？」

我不假思索地如此詢問。

「咦？」

沙優驚訝地轉向我這邊，並發出怪叫。

「我說妳想去夏日祭典嗎？」

我再度提問後，沙優頻繁地眨了好幾次眼睛，然後從我身上別開視線。

「嗯——這個嘛……夏日祭典……嗯。」

目光低垂在地上的沙優先是不知所措了好一會兒，才略顯忸忸怩怩地說道：

「你可能會嚇一跳——」

「嗯?」

「我上了高中後,一次也沒有去看過夏日祭典。」

「咦……是這樣嗎?」

我確實有點驚訝。說到夏日祭典,有種國高中生和朋友或情人一起開心嬉鬧的強烈印象。

「嗯,因為我沒有一塊兒去的朋友,也從未有過前去看看的念頭。」

「……原來如此啊。」

沙優一副泰然自若地如此說明,但我的心情卻變得有點複雜。

她的個性善良、態度親切,順帶一提長相也標緻。而且最重要的是,能夠給予別人最大限度的關懷。我實在想像不太到,這樣的沙優居然會沒朋友。一去思索箇中理由,便會讓我淨是產生些不好的想像。

我硬是逼自己甩開那些毫無益處的想法。幾乎與此同時,沙優也抬起視線看著我。

「所以,嗯……如果對象是你,也許我會想到夏日祭典去看看。」

說完,沙優露出柔和的微笑。

既然如此,反正白天已經瘋狂睡了很久,晚上去外頭走走也不賴。

當我內心思索著「來隨便撈出一套便服換上吧」的時候，忽然想到一件事情。

「既然是祭典，妳要不要穿浴衣？」

「咦，浴衣……？」

如是說的沙優，雙眼明顯熠熠生輝。啊，她想穿是吧。

「你有嗎……？」

「不，我家沒有。獨居男子家裡哪會有浴衣啦。」

「說……說得也是呢……咦，可是你問我要不要穿……」

「有出租浴衣這種東西啊。沒記錯的話，印象中車站前就有這樣的店。」

說著說著我便在網路上查找，發現站前大樓之中果然有一間經營租賃浴衣生意的店家。

「好像只要花三千圓左右就租得到了耶。難得妳有在打工，偶爾花在這種地方也無妨吧？」

感覺現在立刻去租，就算扣掉換衣服的時間，也能在祭典開始前抵達神社。

面對我的提議，沙優雖然稍稍展現出猶豫的模樣，不過還是害臊地抿起嘴巴，點頭同意了。

*

「想不到要排隊等候那麼久……」

「唉，畢竟距離祭典最近的車站就只有那唯一一家和服店，會變成這樣或許也是莫可奈何的啊。」

我和沙優正從車站前走向目的地——也就是那間神社。

和服店人滿為患的程度遠遠超出我的想像。我們在那之後隨即從家裡出發，在下午四點前來到店裡，可是沙優換完衣服離開店家時都已經超過晚間六點了。

雖然因為夏季的關係白天比較長，但過了這個時間，周遭也不免變得昏暗了。

在我身旁的沙優，每走一步就會發出聲響。這是因為她配合浴衣穿上了木屐。

我從剛才開始，就一直沒辦法看向沙優那邊。

「喔，祭典好像已經開始了耶。」

我們的行進方向，隱隱約約可以看到亮著路燈的地方。那裡應該就是商店街了。我還聽得見像是祭典伴奏的音樂。

「真的是祭典耶。」

一旁的沙優語帶雀躍地這麼說，讓我不禁笑了出來。

「妳都穿上浴衣了，怎麼還這樣講啊？」

「沒有啦，先前我覺得心裡很不踏實。」

沙優「嘿嘿」兩聲笑道。

「不論是你提議要到祭典去或是穿浴衣，還有請店家幫我換衣服的時候都是。該怎麼說，我沒什麼接下來就要參加祭典的實際感受。」

「這是怎樣？我們就要到了喔。」

「嗯。那兒真的在舉行祭典，而我們要過去呢。」

沙優像是在跟我確認似的說著，而後搖晃著雙肩。我並未看向她那邊所以不清楚，但我認為她臉上鐵定浮現著那張「傻氣」的笑容吧。

燈火和伴奏聲終於逐漸接近，只要彎過前面不遠處的轉角，就是商店街了。我們倆不知為何都不發一語，只是靜靜地拐過彎走進商店街。

我有一種四周忽然變得明亮且嘈雜的感覺。

「哇……」

我聽見身旁的沙優發出感嘆聲。

商店街裡被人群擠得水洩不通，讓我驚訝得心想「原來這附近住了這麼多人嗎」。

「哈哈……」

沙優張著嘴巴，稍微加快了腳步走在我前面。腳程愈來愈快的她變成了小跑步，只見她雙眼神采奕奕地環顧著周遭。見到這副樣子，看來她升高中之後從沒來過祭典的事情是真的。她的表情，就彷彿第一次請大人帶到遊樂園玩的孩子一樣。

原本在東瞧西望的沙優，冷不防地轉頭看向我這邊，而後對我露出了爽朗的笑容。

「好壯觀喔！」

至此，我才總算正面清楚看到了沙優的浴衣打扮。

在商店街的燈火之中，橘色的浴衣顯得相當亮眼。沙優平時總是放下來的頭髮今天盤了起來，還用髮夾之類的東西固定著。她那淡淡的妝在燈光照耀下，看起來猶如散發著光輝一般。

「嗯……是啊……真是壯觀。」

我自然而然地從沙優身上別開目光，同時做出回應。

「噯，吉田先生。」

回過神來，我發現原本應該走在前面不遠處的沙優出現在眼前。接著，她闖進我別開的視野之中，窺探著我的臉。

「我的浴衣打扮怎麼樣？」

我心想：她終於還是問了。不論是沙優換完衣服走出店裡時，或是像這樣走到商店街的路上，我一直對此避而不談。

坦白說，浴衣極其驚人地適合她。

那股成熟的氛圍和我心目中「穿著浴衣的高中生」形象大相逕庭，但其中確切無疑地存在著高中生該有的「青春感」。絢爛華美的橘色，進一步襯托出沙優原本就姣好的底子，讓我一整個心神不寧。

「嗳，你從剛才就不肯看我這邊。」

沙優鬧著彆扭如是說，於是我轉而望向她。而後，沙優輕輕舉起袖子，再次問道：

「如何？」

當我目不轉睛地凝視沙優時，陷入了一種彷彿四周的照明全都朝著她發光的錯覺。四下的景色變得模糊，只有沙優映照在我的視野正中央。

「很漂亮。」

一留神，我已經這麼回應了。

沙優半張著嘴巴，傻愣愣地呆在那兒。我也在短短幾秒鐘之間，反覆在腦中思索著自己究竟說了什麼。

而後，幾乎與此同時，我臉紅了。

我在對高中生講什麼東西啊？明明只要中規中矩地說一句「很可愛」就好了。沙優

似乎沒料到我會有這種感想，同樣滿臉通紅。然而，相對於立刻撇開目光的我，她則是定睛凝望著我的臉龐。即使不看向沙優那邊，我也知道她的視線盯著我臉頰一帶。

「那個……意思是……」

沙優以微弱到都快要消失的嗓音，開口朝我問道。明明聲音細若蚊蚋，不知為何卻清楚傳進了我耳中。

「要比後藤小姐……還漂亮嗎？」

「咦？」

嚇了一跳的我看向沙優的臉，發現她的臉蛋紅得跟氽燙章魚一樣。

為何這時候會提到後藤小姐的名字呢？就在我心生疑惑的同時，通過我們身旁的小孩子放聲大喊：

「媽媽，太鼓表演要開始了啦！」

那名八成是母親的女子由後面走來，說了一句「真的？那我們快走吧！」就小跑步跟著孩子去了。

「……好像有太鼓的活動耶，妳要看嗎？」

我如此詢問沙優後，只見她的眼眸瞬間搖曳了一下，而後緩緩閉上了。

當沙優再次張開雙眼的時候，她露出了笑容。

「嗯，我想看看！」

「那我們過去吧。我想大概是在中央那個小小的廣場舉辦。」

「好，我跟你去。」

我追過站在前方的沙優，朝廣場邁步而去。

感覺到自己的心跳有點快。

我含糊帶過了沙優的問題。我很難拿眼前的她和腦中浮現的後藤小姐相比，然後來評論哪邊比較漂亮。與其說很難，我確切無疑地抱持著不願這麼做的心情。

然而我不禁在想，如果是從前的我，多半會以一句「那當然是後藤小姐啦」來回應沙優的提問吧。想到這裡，我對自己便有種近似於焦躁的感受。

我懷疑自己是不是將沙優視為「女性」看待了，而非「女高中生」這個框架。

至今我應該一視同仁地把女高中生當成「比自己幼小許多的人」，不作他想。然而我卻感覺到，自己漸漸無法對沙優抱持著這種想法了。

「吉田先生，等……等一下。」

聽見後方傳來聲音的我回過頭去，發現我和沙優之間拉開了一點距離。可能是我邊想事情邊走路的時候，不自覺地加快了步調。

「抱歉。」

「人好多喔。」

沙優並沒有責怪我，只是四處張望並傷腦筋地笑了一笑。的確，隨著我們逐漸接近廣場，人也變得愈來愈多，要筆直地行走都有困難。而且畢竟沙優穿著木屐，還是配合她的速度來走比較好吧。

就在我心中這麼想的時候，我的右手腕忽然有一股暖意。我這才注意到，是沙優抓住了我。

我吃驚地望向沙優那邊，只見她略微紅著臉頰，視線垂落在地上。

「這……這樣子就不會走丟了呢……」

「……嗯……是啊，說得也是。」

莫名害臊起來的我，以左手抓了抓鼻頭。

廣場「咚咚」地響起了太鼓的聲音。明明還有一點距離，音量可真驚人呢。

「活動好像開始了。」

「是呀。」

「走吧。」

我就這麼讓沙優揪著手腕，鑽過人山人海。

若是平時，這麼多的人潮會讓我感到厭煩不已，而今卻不怎麼在意。

更重要的是，我的臉燙到無以復加的地步。

＊

兩名男子負責大型和太鼓，兩名女子敲打小型和太鼓，這個表演活動盛況空前。好似響徹於腹部的太鼓聲讓人非常舒暢。每當響起了連續的擊打聲，觀眾便會放聲歡呼。

看著表演的同時，我深切地心想：原來這麼近的地方年年都有舉辦祭典啊。回想起來，每年都會有幾個晚上像這樣子聽見太鼓的聲音，我似乎每次都會想著「是不是哪裡有在辦祭典呢」。

明明住在同一個地方五年多，卻一次也沒有動身前往鄰近的祭典過。即使從這點來看，我果然真的是個在私生活層面毫無行動力的人。我幾乎沒有主動去接收什麼刺激的意願。

不過，實際來看看才發現很有意思。無論任何人都是一副雀躍不已的模樣。大家都聚集在同樣的地點，享受著相同的活動。這是我自從脫離學生身分後，就再也不曾有過的體驗。

我側眼瞄向沙優，發現她也出神地盯著太鼓演奏。

如果沒有她，我就不會到這兒來了吧。

她的出現，當真讓我的私生活為之一變。我開始會一天吃三餐，假日出門的頻率也稍微增加了。最重要的是，跟人的對話變多了。感覺我原本只有工作的生活，略微多了一點「人味」。

假如那天我沒有收留沙優的話，我會依舊過著只有往返於公司和家裡的人生嗎？我原先抱持著淡淡的期待，想說若是可以和後藤小姐交往的話，生活也會變得璀璨一些，可是到頭來我現在也沒能和她在一起。

倘若沒有遇見沙優的話……

內心如是想的我發現了一件事。

太鼓的聲音益發激昂，大概是演奏接近尾聲了。情緒亢奮的觀眾出聲喊叫，我在這之中卻像是孤零零地被丟下了似的。

倘若沒有遇見沙優的話……

一這麼想，我便隨即察覺了。

察覺自己已經無法想像這種事情了。

腦中再也浮現不出生活中沒有沙優的模樣。她的存在潛藏於我生活各處。

硬是把沙優從自己的生活裡刪掉來進行想像，結果卻感到毛骨悚然。

人在那裡的我，實在過於「孤單」了。

「……田先生…………喔。」

「咦，什麼？」

感覺沙優的聲音從太鼓激烈的聲響之中傳來，我便往身旁一看。於是，我的心臟重重地跳了一下。

沙優她……不見了。

「咦？」

我四處東張西望，但獨自被陌生人所包圍的我，無法在裡頭確認到沙優的身影。

「沙優？」

我慌忙撥開廣場的人群走了出去。由於人潮聚集在廣場，因此商店街的通路變得有點冷清。我來到這兒之後再度環顧周遭，果然還是找不著沙優。那種顏色的浴衣即使遠眺也會很醒目才對。

當格外響亮的太鼓聲傳來後，廣場響起了掌聲。太鼓表演應該結束了吧。原先聚在廣場的人們，開始三三兩兩地走向商店街的通路。時機太不湊巧了。

我鑽過朝著這邊走來的人群空隙尋找沙優，但就是遍尋不著。

她突然跑到哪兒去了啊？從我在表演途中望向沙優到察覺她不見了為止，照理說沒有過多久才是。她沒有辦法在這麼短的時間內走多遠吧……假如不是被別人帶走的話。

想到這裡，便覺得背脊一涼。記起前陣子沙優私自離家時，我也想過同樣的事情。那時既不是綁票，最後也順利找到人，所以不成問題。但這次不見得也一樣。

我快步分開人群前進，隨時都在移動著目光尋找沙優的身影。這時一件橘色的浴衣忽地映入我眼中。那頭以髮夾固定的黑色長髮，略微帶了點茶色。

「沙優！」

我反射性地出聲喊叫，並從後面揪住了她的肩膀。

「咦？」

然而，回過頭來的女子並不是沙優。她瞪大了雙眼看著我。仔細一瞧，她的浴衣花樣也和沙優身上那件差很多。

「啊……不好意思，我認錯人了。」

我連忙把手從對方的肩膀上放開。這名女子面露苦笑，走進人潮裡去了。

嘆了口氣，重新邁開腳步。感覺暫且先脫離這些群眾會比較好。

我就這麼一直往人少的地方走，卻仍未發現到沙優。平常沒有運動習慣，因此呼吸愈來愈喘了。

「啊，吉田先生！我找你好久了。」

我聽聞正後方傳來聲音而轉過頭去，就見到沙優站在那裡。一瞬間先是目瞪口呆，甫一回神我已經大喊出聲了。

「妳跑到哪裡去了！」

「咦？呃，我有跟你講要去上廁所呀。」

「……廁所？」

沙優露出困惑的模樣看著我。

「咦，是說你怎麼啦？上氣不接下氣的。」

「……這樣啊，上廁所是嗎？」

感覺沙優有在太鼓的演奏當中向我攀談，那一定不是我的錯覺。恐怕她是在告訴我「我去上個廁所喔」之類的吧。而她所走的路線，大概和我回頭張望的方向相反。

我嘆了好大一口氣。

「難……難不成你是在找我嗎……？」

「……嗯。」

「抱……抱歉，反倒是我以為你不曉得跑去哪兒了。我們尋找彼此，結果卻錯開了呢。」

沙優靠了過來，往我的臉上瞧。

「你……你不要緊吧？」

「我沒事。」

「不，可是看你氣喘吁吁的。」

「我都說沒事啦。我又不是老人家。」

我別過臉龐，逃開她的視線。見狀，沙優輕笑出聲。

「吉田先生，感覺只要沒看到我，你一定會來找我呢。」

說著說著，沙優站到我的身旁來，用手肘頂我。

「我依然記得，當我在和柚葉小姐說話的時候，你氣喘如牛地跑到公園來喔。」

「……吵死了。」

我也正好回想起這件事情來。

沙優重新端詳著我的臉，而後淘氣地一笑。

「吉田先生，原來我不見了，會讓你這麼著急呀？」

這句話令我心跳漏了一拍。

沒錯，我認為沒有比這更明確的言語了。

沙優從我面前消失不見後，我在猜她是否遭到綁架了。然而我所害怕的，真的是她

「遭人拐走而遇上危險」嗎？我真心感到恐懼的，難道不是「沙優從此不再出現於我的眼前」一事嗎？

「……是啊。」

當我腦中如此思索的時候，回應便自然而然地脫口而出了。

「看到妳不見……讓我亂焦急一把的。」

我望著沙優的雙眼說道，於是她的眼瞳搖曳了一下，看似心生動搖。接著，她倏地低下了頭去。

「這……這樣呀……抱歉。」

沙優先是低聲這麼說，才怯生生地握住我的手腕。

「以……以後……我哪裡都不會去了。」

感覺到她握住我手腕的力道變強了之後，不知道心中在想什麼的我，反射性地開口問道：

「我說……妳真的要回去嗎？」

「……咦？」

面對我的提問，沙優杏眼圓睜，表露出大惑不解的模樣。

而我本人，則比她還要困惑。

「啊，不……」

就連我也不曉得，自己怎麼會講出這樣的話來。

沙優要回家去。在她下定決心前的猶豫期，則由我來為她準備——我們原本應該是這樣的關係才對。沙優好不容易才主動對我宣告說「她做好了心理準備」，我卻對她拋出了一個荒唐的問題。

「沒事……忘了它吧。」

「咦，嗯……好……」

沙優含糊地點點頭，接著緘默了下來。我也受到她的影響，一句話都說不出來了。

「啊……啊——」

承受不住這股沉默的我，往商店街的方向看去。

「好像有在賣很多食物。難得來一趟，我們去瞧瞧吧。」

聽我這麼說，沙優才一副猛然回神的樣子看向商店街，而後連連頷首。

「看妳喜歡什麼，我買給妳。」

「謝……謝謝你。」

我們倆並肩而行，前去逛攤位。炒麵、法蘭克福香腸、章魚燒、巧克力香蕉——攤位羅列著這些很有夏日祭典風情的品項。

「啊……」

在琳瑯滿目的攤位之中，沙優選擇在棉花糖攤停下腳步。

一個看似隨和的大叔，正把粗糖加進甜甜圈形的棉花糖機裡。他笑咪咪地從小孩子手中接過錢，再靈巧地把糖捲在免洗筷上。

「棉花糖……」

沙優喃喃說道。

「妳想吃嗎？」

「嗯，我一直很有興趣。小時候去祭典，也沒能讓大人買給我。那時候的事情我記得非常清楚耶。」

沙優瞇細了眼睛，回憶著往昔。

「那來買吧。」

語畢，沙優歡欣雀躍地打開束口袋，於是我阻止了她。

「我都說要買給妳了啊。」

「可……可是，這點東西我自己買得起啦。」

問題不在那邊，而是這樣的小東西我想替妳買下來。

就在我腦中這麼想的時候，整個人才恍然大悟。

神田學姊和三島所指的就是這個嗎？原來如此，這也難怪她們會覺得焦躁。

「沒關係啦。」

小孩子收下大叔所遞出的棉花糖，開開心心地跑走了。我側眼看著這幅景象說：

「我就是想買給妳啊。」

我坦率地說出自己的想法，而後站在棉花糖攤的大叔面前。

「請給我一支。」

「好的，一百圓。」

聞言，我從錢包裡拿出一百圓遞給大叔。

我招招手，呼喚在稍遠之處愣愣地望著我的沙優。

「來，妳不在近一點的地方觀看製作過程嗎？」

「啊……我要看。」

沙優恍然回神，小跑步接近棉花糖機。

大叔轉動著免洗筷，讓糖絲不斷纏繞在上頭的模樣，看了很有意思。

「嗳。」

我聽見沙優出聲叫喚，於是把視線對著她。結果，她看著棉花糖機那邊喃喃說道：

「你剛剛怎麼會問那種問題呢？」

原以為已經過去的話題又被重新提起，導致我的胃像是遭人緊緊揪住似的。

無以回應的我沉默了下來，於是沙優並未看向我這邊，逕自說了下去。

「吉田先生，你不希望我回去嗎？」

我依然無法回答她反覆提出的問題。沙優的口氣並不是在責備我，感覺反倒像是亟欲聽我親口坦承自己的心情，這點讓我覺得非常棘手。這是因為，就連我也沒能明確地掌握到自己的想法究竟為何。

我也把目光挪回沙優正緊盯著瞧的棉花糖機。

剛開始還見得到的免洗筷，在糖絲包覆之下，漸漸看不到了。照理說它是由內側依序裹上糖絲而變大，在我眼中看來卻像是糖絲擅自膨脹並成長一般。最先纏在筷子上的糖絲，如今已成為偌大棉花糖的一部分，連形狀都看不出來了。

「不……妳應該要回去才對。」

我如此喃喃答道。

「……嗯，說得也是喔。」

隔了一會兒，人在一旁的沙優也頷首回應。

她並沒有說「這根本算不上答案啦」。

「來，做好啦。」

大叔把約有足球大小的棉花糖遞給沙優。

「哇，好大一球……謝謝您。」

沙優感激不已地說著，並從大叔那邊接過棉花糖。

「好棒，是真正的棉花糖耶。」

臉上盈滿笑容的沙優把棉花糖拿給我看。這副模樣果然很符合她的年紀，十分惹人憐愛。

「真是太好了。」

「嗯！謝謝你，吉田先生。」

沙優打從心底感到高興似的對我道謝。有些不好意思的我，默默抓了抓鼻頭。

用手把棉花糖撕成小塊後，沙優驚訝地「唔哇」叫了一聲。

「我一碰才發現它超黏的。」

「這是當然的啊，畢竟是砂糖嘛。」

我掛著苦笑如此回應，於是沙優說了句「這也是」，再把撕下來的糖放入口中。接著她瞪大了雙眼。

「好神奇，一瞬間就融化掉了。」

「哈哈，因為是砂糖啊。」

她每一個反應都十分新鮮，令我不禁發笑。被我一笑，沙優嘟起嘴唇說：

「你別笑我啦，人家是第一次吃嘛……」

「抱歉、抱歉。」

沙優哼了一聲，又撕了一塊棉花糖下來。

「無論是棉花糖其實黏答答的，或是入口即化這件事——」

沙優把糖放進嘴裡讓它融掉後，語氣輕快地說道：

「假如沒有遇見你，我鐵定不會知道呢……」

我也一樣，如果沒有妳的話，就不會到夏日祭典來了——就在我如此開口之前，沙優猛然轉身面向我，然後撕了一小塊棉花糖。

「吉田先生也吃吃看。來，張開嘴巴。」

「咦？」

「啊——」

拿著糖的沙優，不由分說地把手伸向我的嘴巴來。儘管我霎時間感到抗拒，卻也無法出言拒絕，只好乖乖張開了嘴。將棉花糖塞進我嘴裡時，沙優的手指稍稍碰到了我的嘴唇。

抽回手後，沙優露出嫣然一笑。

「棉花糖甜甜的很好吃呢。」

糖絲在我的舌頭上逐漸融化。

「是啊……」

香甜到令人吃驚的地步。

「它亂甜一把的。」

聽我說完，沙優像是感到逗趣似的嘻嘻一笑，而後踩響了木屐。

我和沙優初次參加的夏日祭典，令我們覺得時光的流逝相當緩慢，同時卻也轉眼間便結束了。

第11話 遺忘的東西

夏日祭典隔天，我和沙優都「累癱了」。

這並非誇飾，我們兩人當真都躺在起居室裡度過。

「啊——」

沙優躺在沒有收起來的被褥上頭呻吟著。

「腳好痛……」

面對這句今天不曉得已經講過第幾次的話語，我露出尷尬的笑容。

「所以說，既然那麼痛，那妳去買個藥膏或貼布來就好啦。」

「……我不想動。」

這段對話也進行過無數次了。

由於穿著不習慣的木屐長時間四處走動，沙優的腳被鞋帶磨破了，而且還傷到了小腿肚的筋。

若是平時，也許我會說「真沒辦法，我去幫妳買回來吧」，但今天我也疲憊不堪，實在提不起勁行動。

追根究柢，我很不喜歡人群。我這個人光是到人多的都心車站去，疲勞就會一鼓作氣地湧現了。然而，昨天我卻踏入了那個可以匹敵都心車站……不，視地方不同，人潮密度更勝一籌的活動——「祭典」去。

即使到了隔天依然感到身心倦怠，看來我累積了相當程度的勞累。

「玩得比我還瘋的那些ＪＫ，今天是不是也為了鞋子磨破腳而苦呢？」

「很難說耶……每年都會去參加祭典的人，應該也很會穿木屐走路吧？」

「原來是老手嗎……難怪我比不過她們呀。」

在地上滾來滾去的沙優噘起嘴唇來。

沙優以至今為止最簡單易懂的方式散發出疲倦感。我側眼望著這樣的她，同時皺起眉頭。

當前的問題，是「晚餐該怎麼解決好」。由於我們倆起床的時候已經是「午餐」時間了，所以並沒有吃早餐。而午餐我們是拿冰箱裡先煮起來放的菜，來配電子鍋裡所剩的白飯。可是，這時已經把那些菜消耗殆盡了，沒有東西能拿來當晚餐。

要讓明顯累成這樣的沙優站在廚房做晚飯，實在令我心裡不舒坦。晚餐就來叫個外賣吧——差不多就在我這麼想的同時，我的手機震動了起來。

「啊？」

我忍不住發出不愉快的聲音。幾乎沒有人會在週末私下聯絡我。如此一來，會使手機震動的必然會是派不上用場的電子報、垃圾郵件，或是通訊軟體的廣告帳號所傳來的訊息了。無論是何者，都讓人覺得確認過後再刪除很麻煩。因此手機基於這些理由震動，會讓我心情不太好。

但是，假如是什麼重要的聯絡事項，不確認又會引發問題，於是我姑且拿起手機看向畫面。

接著我發現，傳訊息來的是個意想不到的人物。

「……怎麼回事？」

我點擊畫面開啟訊息。

『吉田，很抱歉突然聯絡你。』

以這句話為開頭的長篇訊息，是神田學姊傳來的。身穿白襯衫的男生背影頭像，散發著格外強烈的存在感。

我讀了下去，才知道神田學姊似乎是把東西給忘在公司了。

一般來說，週末假日公司都不會開門。假如有事情的時候，需要拿著員工卡到大樓警衛那邊登錄ＩＤ再進去。大樓裡的保全系統設定得較為周密，幾乎全部的門扉都有上鎖，必須刷過員工卡才能入內。

可是，才剛調到這間分公司來的神田學姊還沒有收到員工卡，所以是透過當天借用當天歸還訪客ＩＤ卡的方式因應。

換句話說，她沒有辦法在假日進公司。基於這樣的緣由，她才會來找唯一一個交換過私人聯絡方式的我求助。

我倒也不是不想幫她，但身體果然還是很沉重。倘若沒有急迫性，坦白說我並不想走出家門。

『狀況我明白了，但明天上班的時候再去拿不行嗎？』

我回了這段話就把手機丟在床上，之後過不到幾秒，手機又震動了起來。

「也太快啦。」

『我是把錢包給忘了啦。』

我喃喃說著，再次抓起手機。

看到上頭這麼寫，我感到愕然。

『呃，妳一直到今天才發現忘了錢包嗎？如果妳昨天就說，我倒還可以理解。』

我回傳過了幾秒鐘，又有新的訊息捎來了。

『昨天我睡了一整天，沒有事情會用到錢包嘛。』

是喔？

儘管我內心錯愕，但回想起來，若是昨天傍晚我沒有打定主意去參加祭典的話，大概也相差無幾吧。

『妳無論如何都要今天拿嗎？』

我問。

『我沒東西吃。』

學姊回答。就在我回覆訊息之前，她補充了一句：『是說，你到底有多麼不想離開家裡呀？』

我固然覺得這不是拜託人家的口氣，不過面對一個遇上困難的人，我不情不願的態度確實可以說是相當反常。這表示我已經疲倦到那種地步了，但神田學姊當然不知情。

「唉……」

我嘆了口氣，再從床上坐起身子來。

儘管我意興闌珊，可是聽到她說沒有東西吃，再怎麼樣也只能跑一趟了。

『我們一小時後在公司前面碰頭吧。』

傳完訊息，我把手機丟在床上。

「抱歉，我要出去一下。」

聽我一說，沙優驚訝地抬起頭來看著我。

「咦，怎麼啦？你剛剛明明散發出一步也不想動的氛圍。」

「有人找我，我要到公司去一趟。」

「基本上你假日不是不用辦公嗎？」

「不是工作，而是些雜事啦。我要陪忘了東西的同事去。」

聽見我的答覆，沙優毫不掩飾地皺起了眉頭。

「一定要你去才行嗎？」

「是不是，一般會這麼認為對吧。」

我也這麼覺得。果然不該和學姊交換聯絡方式的。

「可是除了我之外，好像沒有人能過去了。」

我說著說著摸向下巴。儘管早就知道了，不過它發出了「唰」的一聲。我又再次流洩出嘆息來。

我為何非得在休假時刮鬍子不可啊？心中如是想的我往盥洗室去。就在我拿起電動刮鬍刀的時候，心想：「不，慢著。」我是突然被私事找出去的，即使沒刮鬍子也不會挨任何人的罵。

我一度把刮鬍刀放回原本的位置，不發一語地盯著它看了好幾秒。

不，還是刮掉吧。

我打開刮鬍刀的開關，並把它抵在下頷。機器本身的運作聲，以及刀刃碰到鬍子所發出的滋滋聲摻雜在一起，在盥洗室的牆壁上反射出回音。第一次使用電動刮鬍刀的時候，出乎意料的吵雜讓我很吃驚，不過如今我已經習慣了。

自從沙優指出我「不適合蓄鬍」這件事之後，我每天都會刮掉才出門上班。而一旦養成習慣，不這麼做反倒會讓我心神不寧。

原本我想說這並非工作，所以沒必要把它剃掉。可是一旦想像起留著鬍子和神田學姊見面的狀況，就使我莫名地不自在。不用上班的日子要專程刮鬍子令我很火大，但若是被問到「刮掉會有什麼不便之處嗎」，那倒也沒有。

刮完鬍子後，我從衣櫃裡抽出衣服來。儘管假日到公司無須裝著西裝，穿著短袖T恤和短褲過去也讓人渾身不對勁，於是我選了直條紋POLO衫和牛仔褲這種看起來像是商務休閒穿搭的服裝。

我換完衣服，再把錢包和月票從平時使用的公事包裡拿出來之後，沙優便蠕動著將目光投向我這裡。

「你會去很久嗎？」

「不，只是要去拿忘掉的東西，我想花不了太多時間。」

「這樣呀，路上小心喔。」

說完這句話，沙優抬起來的頭就躺回地上去了。這副模樣讓我不禁發笑。我可能真的是第一次看到沙優如此毫不掩藏疲態的樣子。

「那我出門了。」

「慢走。」

我對沙優有氣無力的回應露出苦笑，接著打開玄關大門走到外面去。

身體果然還是懶洋洋的，就連要從家裡踏出一步我都覺得麻煩。

趕快把事情處理好回來吧——我在腦中這麼想著，以期銘記在心。

*

「反——正一定是那個什麼神田學姊啦——」

趁著家裡沒有半個人，我懶洋洋地躺在地上，直接把內心想法說出口。

「又不是去工作，居然把鬍子刮掉了耶。雖然他整個人洋溢著嫌麻煩的氛圍，但誰知道他心裡頭是怎麼想的呢？」

將有些悶悶不樂的情緒全盤化為言語宣洩出來，讓我爽快了一點。

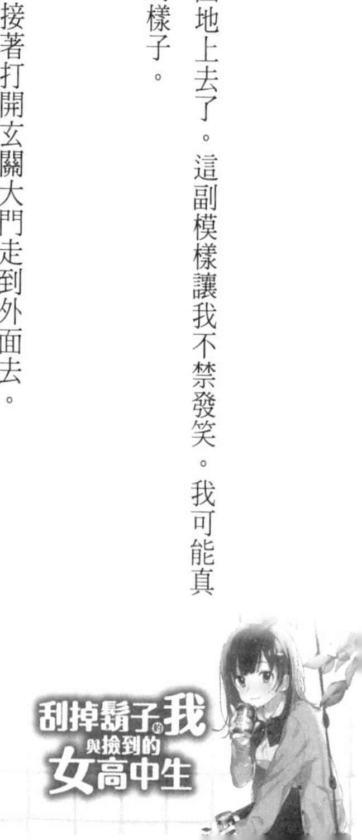

「他口口聲聲說什麼花不了多少時間，鐵定沒這回事的啦。反正他八成會和人家一起吃頓晚飯才回來嘛~~~~！」

我翻過身子仰躺，再以稍微大了一點的音量這麼說，接著嘆了口氣。

「我這是在做什麼呀……」

我對自己孩子氣的舉動感到傻眼。

從昨天開始我就有點怪怪的。開口講的話和詢問吉田先生的問題，都是平常不會提及的。

「很漂亮。」

我腦中播放出吉田先生一臉茫然地述說的這句話，於是我猛地搖了搖頭。

他一直以來都傾心於後藤小姐，如今也一樣。而後藤小姐也喜歡他，根本沒有其他人介入的空間。

因為想著這些奇怪的事情，讓我不再注意腳上的痛楚，躺在地上的我輕而易舉地便坐起了身子。

就在我起身的同時，感覺不靈光的思考能力漸漸恢復了正常。

「唉，先不論吉田先生要不要在家裡吃晚飯——」

我站了起來，前去確認冰箱裡的內容物。話是這麼說，縱使不看我也大致記得有什麼東西就是。

「嗯，果然什麼也沒有。」

我打開冰箱門查看著裡頭，發現完全沒有能拿來當作配菜的東西，或是煮來下飯的食材。就只有幾瓶罐裝啤酒和需要冷藏的調味料而已。

「這樣子根本煮不成晚飯呀……」

我關上冰箱門，「嗯嗯——」地呻吟著。

假如吉田先生真的要在外面用過晚餐才回來，我用不著吃晚飯也一定撐得過去，因此暫且不論。但假使我當真不吃，明天早飯也沒有任何東西吃。吉田先生明天要上班，所以不管是早餐或便當都得由我好好煮一頓出來才行。

一瞬間，我腦中浮現出請吉田先生回來時買點東西的念頭。可是要拜託一個假日被迫因私事專程外出的人，在回程購買可能會挺重的東西，實在讓我覺得不妥。

「不管怎麼樣，都需要買東西是嗎……」

我俯視疼痛的雙腳，並嘟起了嘴唇。

「我玩得太瘋了呢……」

如此自言自語後，我脫下家居服。身上只剩下內衣褲的我想說應該先聯絡一下，於是拿起手機準備捎訊息給吉田先生。

『感覺不買點菜就什麼也煮不成，所以我也要出門喔。我八成會比你早回家，不過為求慎重起見先通知你一聲。』

我迅速打完文章後發送出去。吉田先生可能已經搭上電車了，只見他似乎立刻注意到手機來訊的震動，我的訊息一旁隨即出現了「已讀」的文字。

接著過了幾秒鐘，他回了一句：「收到，謝謝。」確認完畢後，我把手機擱在桌上。

我打開衣櫃，拿出我放在角落的個人衣物。

那是一件窄管七分牛仔褲，以及質地輕薄的白色長版上衣。我先是在上半身穿了白色內搭衣避免胸罩透出來，才套下上衣。

除了內搭衣之外的衣服，全都是吉田先生為我添購的。每逢季節交替，吉田先生都會搶在我開口之前問「妳應該有需要吧」。對此我感到過意不去，相反地也抱持著相同程度的謝意。

每當回顧起和吉田先生之間的生活點滴，我就會想起哥哥先前來到超商的事情，接著胃部一陣絞痛。

吉田先生真的給予、教導了我很多事物。面對這份恩情，我究竟回報了多少呢？

很想盡可能地向他報恩，可是哥哥的出現讓我體認到了。

我和吉田先生的時間已經不多了。

不曉得我們還能待在一起多久。現在只要是能力所及的事，我什麼都願意為他做。

「目前——」

我低聲呢喃，之後把放在桌上的手機收進牛仔褲口袋裡。

「就是來煮好吃的飯菜！」

我得從吉田先生最先要求的「處理家務」這份差事開始好好做起。

痛到剛剛的雙腳已經讓我不怎麼介意了。我走出玄關，振奮到連自己都感覺不自然的地步。

第12話 目的

「哎呀，你幫了我一個大忙。真是謝謝你嘍。」

聽見神田學姊一派輕鬆地說著，我面露苦笑並點了點頭。

「不會，既然妳沒有員工卡，那也是沒辦法的事嘛。」

「真的。公司明明說好上星期要辦給我的。」

神田學姊的嘴唇噘得老高，做了一個氣呼呼的表情給我看。

「不過把錢包給忘了，完全是我的疏失啦。」

「沒在當天發現到這件事，妳也挺不簡單的呢。」

「這就是把月票和錢包分開放的弊端。」

神田學姊事不關己地說著，而後「嗯」地伸了個懶腰。我側眼看著她露出這副模樣後，舉起一隻手說：

「那我就先回去了。」

我好想趕快回家躺下。沙優應該已經出去採買食材了，所以也用不著擔心晚飯的下落。只是，沙優在我離開家裡之前看起來相當疲憊，想必需要拿出毅力才有辦法出門採購吧。反正她八成除了做飯的材料外什麼也不會買回家，我就來幫她買點甜食吧。

我帶著這樣的想法邁步而出時，襯衫的衣領被人從後面給用力揪住了。我不禁發出「嗚」一聲呻吟。

「等等、等等、等等。」

我慌張不已地回過頭去，發現神田學姊眉頭深鎖地看著我。

「幹嘛啊？」

「咦，你要回去啦？」

「對啊，又沒有別的事了。」

「不不不，好歹讓我請你吃一頓飯嘛。」

「呃……」

就前後文聽來，意思大概是「讓我請你吃一頓作為道謝」。但如果她真的心懷感謝，我反倒希望學姊就這麼放我回家。

看到我的臉，神田學姊霎時間面露納悶神情，而後噗哧一聲笑了出來。

「啊哈哈，我都開口說要請你吃飯了，你卻露出那麼厭惡的表情，這種人我還是第一次見到。」

嘻嘻發笑的神田學姊戳著我的腋下。

「有什麼關係，陪我一下嘛。你想讓我變成一個假日專程找學弟出來，也不表示謝意就趕人家回去的女人嗎？」

「唉……說穿了，道謝只是場面話對吧？」

「喔，你開竅了呢。」

竟然連演都不演了。

換言之，她的盤算就是「既然都特地出門一趟了，就吃個飯再回去」這樣吧。順便還能把欠我的「人情」給一筆勾銷。即使神田學姊表面上看起來很常仰賴直覺行動，卻有著讓人覺得其實她很工於心計的地方，因此難以判斷。

總之，我有種繼續這樣一問一答下去也沒完沒了的預感，於是我也死心了。

「好啦，那我就恭敬不如從命了。」

聽聞我的答覆，神田學姊滿意地點點頭，接著邁開了腳步。

我側眼看著這一幕，若無其事地拿出手機打訊息給沙優。我內心對專程外出替我買東西的她感到過意不去，同時又有一種神祕的信任感，認為沙優一定會體諒的。

「你想吃什麼？」

「沒有耶，選妳要吃的東西就好。」

「我都說是要跟你道謝了，當然要找你想吃的才行呀。」

「那不是場面話嗎……」

「你真沒禮貌耶，我可是確實有想跟你致謝的心意喔。」

學姊嘟起了嘴唇來。

「再說……不貫徹到最後的場面話，根本連場面話都算不上，只是單純虛張聲勢罷了呀。」

她低聲補充的這段話，和先前半開玩笑的口吻有些不同。感到格格不入的我望向學姊的側臉，卻看不出她面容裡的情緒。

「那麼，你要上哪兒去吃？」

不知是否注意到了我的視線，學姊轉過頭來面對著我，而後嫣然微笑。

「這種時候果然應該要吃肉？」

「吃肉好耶。烤肉這類食物，還是到外面找能利用炭火燒烤的店家比較好吃。」

「好，就這麼決定了。不曉得這附近有沒有烤肉店呢？」

「啊，有間店我很常去喔。」

神田學姊聽我講完，先是咧嘴露出調皮的笑容，才歪過頭去。

「和誰去？」

「和……和誰都無所謂吧。」

對方是後藤小姐一事，我難以啟齒。從學姊半明知故問這點來看，我覺得她的個性相當惡劣。

「那我們過去吧。」

「那家店在反方向喔。」

我阻止學姊邁步往無關的方向走，帶頭走在前面。

感覺口袋裡的手機好像震了一下，我便拿出來看，結果發現是沙優回的訊息。

『請慢慢享用～（怒）』

看到內容，我不禁流露出苦笑。

這也難怪她會生氣啦。吃完這頓飯之後就盡快回家吧。

「吉田。」

聽見後方傳來了叫喚聲，我把手機收進口袋後轉頭一看，只見神田學姊正緊盯著我不放。

我在等她開口說話，她卻只是不發一語地凝視我的雙眼。

「咦，妳剛剛有叫我對吧？」

我一問之下，神田學姊才一副猛然驚覺似的張開嘴巴，開開合合了一陣子。之後，她才終於開口講話了。

「那間烤肉店離這裡多遠呢？」

「咦，喔……」

停頓了那麼久，結果卻是沒什麼大不了的問題，讓人忍不住感到失望。

「很近，大概不用五分鐘就會到了。」

「這樣呀。」

聽到我的回應，神田學姊面露有些模稜兩可的神色點了點頭。接著她稍微加快了腳步，和我並肩而行。

「那我們快點走吧。」

「妳用不著那麼急，馬上就到啦。」

「另外——」

學姊無視於我的話語，略顯惱色地說：

「和我獨處時，不准你和其他人聊天聊到露出一臉竊笑。」

「咦……」

我發出窩囊的聲音後，神田學姊這次抬起頭來，明確地瞪視著我。

「我可是花了烤肉的錢，買下和你相處的時間喔。如果你不把時間用在我身上，那就太狡猾了吧。」

「不……不好意思……」

學姊完全不掩藏自己的不悅，使得我反射性地出言道歉。

恐怕是我的注意力被沙優的訊息拉走這件事，讓她覺得不開心吧。的確，兩個人單獨在一起時還大剌剌地去注意其他事情，或許違反了禮節也說不定。

儘管我有稍作反省，卻也無法繼續接話下去，於是我和學姊一直到抵達店家之前都沉默不語。

＊

「那已經可以吃嘍。啊，這個……也行了。」

「啊，謝謝。」

我拿著筷子，從嵌進桌子裡的炭烤爐之中，夾起神田學姊以夾子所指的肉，放到自己的小碟子裡。

學姊露出雀躍不已的模樣，再把新的生肉排在爐子上。

我把沾了醬汁的橫膈膜送進嘴裡。一咬下去，肉汁便滿溢在口中，令我頓時感到幸福無比。肉果然是很美味的食物。雖然先前因為疲倦的關係很想早點回去，但儘管是疲憊不已的狀態——不，正是因為累了，因此吃美食才更讓人覺得幸福。

「學姊，妳也吃嘛。」

我開口向獨占了兩支夾子，淨是在烤肉的學姊說。包含後藤小姐在內，當我和上司去吃烤肉的時候，都是由我負責烤。這件差事被人搶走後，我不但覺得手邊閒來無事，而且讓學姊動手總令我過意不去。

「再說，兩手拿著夾子也無濟於事啊。」

學姊的左右手各自握著一支烤肉夾。她的模樣散發出「我要烤肉了喔！」這樣的氣魄是很好啦，可是要運用非慣用手夾肉，根本難如登天啊。

「靠慣用手就夠了吧。夾子又不是要讓一個人單獨使用才給兩支的。」

我伸出手向學姊要了其中一支夾子，卻遭到她搖頭拒絕。

「二刀流很帥氣呀。」

「不，妳左手那支完全沒有夾到肉啊。」

「才沒那回事呢。」

神田學姊試著以左手的夾子將肉翻面，手卻依然抖個不停。當她苦戰了將近十秒鐘之後，總算才把一片五花肉翻了過去。而後，她以明顯流露出驕傲的表情看向我。

「不，正常使用慣用手的話，一秒就翻好啦。」

「假如右手翻一秒，左手翻五秒的話，五秒鐘之內就能翻六片了耶！」

「妳把一支給我，五秒鐘就可以翻十片啦。」

「你打從以前就是這麼計較呢。」

神田學姊毫不掩飾地嘆了口大氣，才把左手拿的夾子擱在我面前。接著，她終於也放下了另一支夾子，再拿筷子從炭烤爐裡夾起肉來沾醬吃。

她緩緩地咀嚼並吞下肚之後，略略低下了頭，小小聲說道：

「不過……你果然還是變了。」

「咦？」

神田學姊抬起頭來，定睛凝視著我，並露出柔和的微笑。

「該怎麼說，和從前相比……你變得務實了。」

「務實？」

「嗯，沒錯。過去你給人的感覺，就只是毫無理由地一個勁兒過著率直的生活……不過如今……應該說感覺得到目標嗎？或是定下了方向。」

語畢，神田學姊又從炭烤爐中夾了一片肉。我愣愣地眺望著稍微沾了點醬汁後，把肉送進口中的她。

雖然她說我變了，但我也開始一點一滴地覺得這個人有所不同了。

反覆無常、調皮搗蛋，還有神祕兮兮的地方一如往昔。只是，我覺得她要比先前來得「沉穩」許多了。我無法具體指出例子來，不過可以清楚地感覺到，這個人也和我一樣，年歲確切無疑地「有所增長」。

「果然——」

態度莫名溫順的神田學姊，面露難以猜測情感的微笑，細嚼慢嚥著肉片。

接著，學姊語氣輕快地說道。

「和我交往，沒能帶給你任何影響呢。」

頓時為這番話感到困惑的我，隨即搖了搖頭。

「沒那回事。」

「我說有啦。」

「沒有。妳不曉得自己對我而言有多麼重要吧？」

聽我說完，學姊緩緩搖頭否定。

「我知道。」

「咦？」

「我說，我知道。」

語畢，學姊以帶了點陰霾的神情淺淺一笑。

「我有深刻地感覺到。」

「既然如此，那為什麼……」

為什麼要對我不告而別呢？這個問題沒能化成言語，另一個疑問取而代之地在我心中油然而生。不，與其這麼說，感覺更像是時機成熟，讓我得以問出內心一直百思不解的事情了。

「學姊，妳的個人檔案圖片……那是我對吧？」

我是指通訊軟體。那張圖八成是我高中時期的背影。

神田學姊聽了我的提問，先是輕輕一笑後才微微頷首。

「你總算發現啦？」

「我打從一開始就注意到了。只是……那時候我嚇了一跳，問不出口而已。」

和神田學姊交換聯絡方式時，我有立刻察覺到她拿我高中時的照片當成個人圖片。

然而，我找不到她會使用那張照片的理由，才會變得像是我整個人始料未及一樣。那時我沒能當場提問，不過現在我覺得自己辦得到。

「妳為什麼要用我的照片呢？」

「因為拍下那張照片時，我還在用傳統手機呀。我專程把存在電腦裡的microSD卡檔案傳到智慧型手機中，然後拿來當作個人圖片。費了我好一番工夫呢。」

神田學姊並未回答我的問題，興奮的語調顯得有點開心。接著，她抬起頭來偷看我的表情，於是我們兩個對上了眼。

神田學姊輕輕嘆了口氣，一副死心斷念似的反覆點著頭。

「理由是吧……啊，冰塊融化了好多。」

她咂嘴出聲，喝了點冰塊融掉不少的威士忌，之後喃喃說道：

「大概是因為，那是我唯一一段戀情的回憶吧。」

「咦？」

「唯一」這個詞令我覺得突兀。見到我的反應，神田學姊露出有點氣鼓鼓的表情。

「你咦什麼咦呀。」

「呃，因為妳說唯一……」

我記憶之中的她，總是有些虛無飄渺。在學校裡頭，她在我之前跟很多人交往過的傳聞，出名到人盡皆知。況且，和我分手後的這幾年，這樣的美女有可能不和任何人在一起嗎？

「自從跟你分手，我就沒和別人交往過了。該說是沒有讓我心動的對象嗎……也可能是我的敏感度變差了。」

「敏……敏感度是嗎……」

「你幹嘛一臉好色的模樣呀？我是指感受性啦。在那之後，我對男人就不再產生想交往的念頭了。」

神田學姊雲淡風輕地如是說，而後再喝了一口威士忌。

「和你在一起之前，我有過好幾段『很像在交往』的關係，但該怎麼說……沒有人願意真心喜歡我。在學生生活之中，『和我談戀愛』這個事實八成要來得重要許多吧。所以——」

感覺神田學姊雙目的溫度驟然下降了。

「我也喜歡不了他們。」

一句話也說不出口的我默默看著學姊。回想起來，高中時期我似乎從未聽學姊深入談過她的內心世界。

「大概是因為這樣吧……當你向我表白的時候，我第一次感到開心，而且嚇了好大一跳。」

「妳嚇到了？」

「嗯，對……我想說『世上真的有人喜歡我耶』這樣。」

語畢，神田學姊略顯羞赧地笑了。

「所以，我也整個人都迷上你了。」

我不曉得該怎麼理解她這番話才好，眼神在桌面上游移著。

「在我先前交往過的男生當中，你要比任何人都溫柔且用心注意我，而且還超受異性歡迎的。」

「啥？」

我發出怪叫聲之後，神田學姊輕輕嬉笑了起來。

「你大概沒發現到，可是你非常受女生歡迎喔。還有很多人跟你示好呢。」

「咦……？」

「這也難怪啦。外貌不差、對誰都一樣溫柔，而且還挺擅長運動的，根本沒有不受青睞的道理呢。」

雖然神田學姊如此表示，但我不記得高中時有和她以外的女孩子進展到「氛圍親密的關係」，記憶中也不曾有人明顯地對我示好。更不用說一次也沒人對我表明心意過。

無視於我的困惑，學姊一副懷念著過往的模樣說了下去。

「因此，我就變得有些任性了。」

「任性？」

「對，我希望你對我做出一些沒有對別人做過的事。」

神田學姊的手指，滑過裝著威士忌的玻璃杯。

「我想成為你……最特別的唯一。」

學姊慢條斯理地說道。

感覺這句話逐漸在我心中擴散開來，還帶了點疼痛。

「儘管你對我非常好，但對象不是我一定也無妨。只是因為你沒有『不重視對方』這個選項，才會珍惜我罷了。」

「不，沒這回事……」

「即使不是特別的人，你也會對人家很溫柔呀。只要位在自己伸手可及之處，不論是哪個親朋好友你都會很重視。」

「……嗯，這個……」

面對只能夠吞吞吐吐的我，神田學姊語帶悠哉地接著說：

「所以該怎麼講，我希望你能夠對我更任性妄為一些。與其受到呵護，我還比較指望你更加粗魯地渴求我。」

我一直以為，珍惜她便是最為尊重對方的舉止。而她正是因為這樣太沉重，才會從我身邊離去。聽著學姊這些話，我體會到過去的自己產生了天大的誤會。

而她口中提到我的「本質」，我想如今那應該沒有任何改變吧。我回憶起以前三島對我講過的話。

『我想表達的是，到頭來你心目中的優先順序究竟是怎樣。』

這所指的不也是同一件事嗎？這個也重要，那個也重要。其實我只是在毫無特殊理由的狀況下，深信自己「應該珍惜身邊的一切」而已，也不去思考這麼做的意義為何，不是嗎？

「不過，你卻有所改變了。」

神田學姊以格外清晰的嗓音說著，打斷了我的思緒。我驚訝地抬起目光，便和她四目相望了。

「如今，你似乎有了什麼無比重要的事物存在。」

「咦？」

「瞧你一直在關注待在家裡的某人。」

聽她這麼說，我心裡頭暗暗吃了一驚。我明明什麼也沒有跟神田學姊提起，為何她會講出這種話來呢？

「啊哈哈，你露出一臉『怎麼會東窗事發』的表情呢。」

「呃……」

「這我當然會明白呀。從前的你面對我的晚餐邀約，不會露出那種嫌麻煩的表

情。而當我們決定去吃飯之後，你又立刻跟別人聯繫了嘛。我自然會曉得你家裡有人在呀。」

「原來如此……」

我不但告訴她自己要回家，而且計畫有變就馬上跟某人聯絡，這樣或許確實很容易理解到我家裡有其他人在。我自以為聯絡的時候不動聲色，可是面對敏銳的對象卻會輕易地被全盤看穿。今後我可得多加留意才行。

演變成這樣的發展，無法避免會被進一步深入追究了。當我思索著「該怎麼解釋才好」的時候，學姊的鼻子哼了一聲。

「但我不會去過問詳情啦。」

「咦？」

「怎麼，你希望我問嗎？」

「不……不要問是最好的。」

「對吧。」

學姊嘻嘻笑道，而後把威士忌一飲而盡。

「對某些事情認真起來的你很棒呀，比以前要來得帥氣多了。」

神田學姊覷向我的眼睛，並露齒一笑。

「謝謝你今天來陪我。」

「喔，不會……」

「既然家裡有人在等，那我們也不好吃得太慢吞吞的。就來快快點餐，速速吃完吧……啊，不好意思！」

神田學姊不等我回應，叫住了經過附近的店員。她迅速地點完肉，目送店員離去之後，才嘆了口氣低聲說：

「唉……總算是放下了。」

她的音量讓我難以判斷是否要講給我聽的，不過我聽得一清二楚。

就在我深入思考詢問此事代表何種意義之前，我已經開口了。

「『放下』是指什麼事呢？」

聽聞我的問題，學姊瞪圓了雙眼。或許她果然沒有要讓我聽見的意思，抑或是認為縱使我聽到了也不會說些什麼。無論如何，看來我的提問出乎學姊的預料。

神田學姊愣住了好一會兒後，啞然失笑。

「啊哈，你這個人當真什麼都不懂呢。」

我聽不懂她的言下之意而感到困窘。神田學姊無視於這樣的我，逕自頻頻發笑，臉上還掛起淘氣的表情。緊接著，她凝視著我說：

「我的意思是，我好不容易放下了第一次的失戀啦，笨蛋。」

「失戀」這個詞在我腦中迴響著。

「咦，妳是說……」

「讓兩位久等了。這邊是豬頸肉、牛肝、五花肉……以及上等牛肚。」

「啊，謝謝……」

店員一口氣把學姊方才點的大量生肉端上桌來，打斷了我說話。

「好，來烤吧！」

「那個，學姊……」

「吉田，如果你不烤的話，就把夾子借我用啦。我要來耍二刀流。」

「不，我要烤。請妳別那樣。」

學姊像個孩子般笑著，並把肉放在炭烤爐上。感覺到她明確地由全身散發出「別再繼續追問下去了」的氣場，於是我也死了心，決定把注意力集中在烤肉上頭。

只是，有件事情令我很在意。

從話題的走向來看，她所謂的「失戀」應該是指我們倆那段關係沒錯。儘管有些讓人難以置信，但既然當事人都如此表示了，我也只有接受一途。

然而，若是如此……

假如她是透過剛剛和我的對話才總算釋懷，那麼先前吃飯時她所做的「邀約」，就不是單純出自於她口中的性慾，而是蘊藏了愛戀之情，不是嗎？

而我卻說了什麼「妳並沒有那麼喜歡我吧」，把人家給打發掉了。

沒講出口的話，根本無從知悉。我自以為對此心知肚明，卻在不明白對方心情的狀況下，說出「我不能和對自己沒意思的人做那種事」這種斷定別人內心的話來，讓我覺得自己實在是太過粗神經了。

「來，吉田，牛肝烤好了喔。」

「咦，不會太快了嗎？」

「牛肝這種東西，就是要烤半熟才好吃呀。」

神田學姊拿自己的筷子夾起炭烤爐上的牛肝，放在我的小碟子裡。

「你吃吃看。」

在學姊的勸邀之下，我以筷子夾起軟嫩的牛肝，戰戰兢兢地送入口中。

牛肝只有外側烤得粗粗硬硬的。一咬下去，苦味便和軟綿綿的口感一同在我嘴裡迸發開來。

牛肝有這麼苦嗎——這樣的感想在我心中油然而生，但我並未感到不快。每當那塊口感有如果凍般柔嫩的肉纏繞在我的舌頭時，苦味和鮮味便同時湧了上來。

「它苦苦的……好好吃喔。」

聽完我這麼說，學姊「嗯嗯嗯」地不斷頷首，臉上還浮現爽朗的笑容。

「就是說吧。」

假使那天我真的和神田學姊上賓館的話，我會和她有一段嶄新的未來嗎？

想到這兒，隨即覺得愚蠢透頂。

我已經做出了選擇啊。我不能把它當成沒發生過，而眼前的學姊也沒有舊話重提的意思。

無論多麼後悔，事情都過去了。針對無可挽回的狀況，想再多也無濟於事。

「從前我很討厭帶有苦味的食物……近來卻開始覺得其實還不賴了。」

語畢，學姊大快朵頤著半生不熟的牛肝。即使重新定睛一看，她也依然是個美女。

第13話 追蹤

固然不差，卻也沒有好到超乎預期——我的感想是這樣。

離開電影院的我伸了個懶腰，接著自顧自地點點頭。

不過，這部作品和預告所感受到的氣氛完全一致，所以我並不會有浪費錢的感覺。它挺能讓人投入感情，又讓我好好哭了一場，應該說心情上覺得很「划算」。

也許是因為最近我認真工作的情形變多了，平日下班後前往電影院的次數也跟著減少，導致看電影這檔事在我心目中，已經徹底成為假日活動了。

在我進入電影院前，太陽才剛剛開始要下山，如今天色整個都暗下來了。

「……肚子餓了耶。」

回家再弄點什麼吃也很麻煩，乾脆在車站前解決吧——內心這麼想的我，環顧起周遭來。話說回來，我頂多只有看電影和追著吉田前輩來才會到這座車站，因此不太清楚這裡有什麼樣的餐飲店。

當我思索著自己想吃什麼，以目光東張西望地尋找店家的時候，突然有一道熟悉的

人影映入眼簾。

那名少女拿著超市的塑膠袋，朝這邊走了過來。儘管我是第一次見到便服打扮，不過那是沙優沒錯。略微低著頭的她忽然抬起視線，和我正面相對。

「啊……」

雖然聽不見聲音，可是她顯然露出了這樣的嘴型。

接著她小跑步靠了過來。

「柚葉小姐，晚安。」

「晚安，妳在買東西呀？」

窄管七分牛仔褲及白色長版上衣，襯托出沙優清爽的氛圍。這套衣服會不會也是吉田前輩買給她的呢——想到這裡我便立刻打住了。就算是又怎麼樣呢？

「對，冰箱裡頭空空如也了。」

沙優這麼說著，並露出苦笑。感覺她已經完全熟悉吉田前輩家的家務事，提著超市袋子的樣子看起來格外地有模有樣。

「妳居然天天都在做家事，真了不起耶。」

「不……沒什麼了不起的。」

我開口稱讚沙優，於是她便傷腦筋地縮起了肩膀。看來她是真心如此認為，而不是在跟我客氣。真是個謙虛的孩子。

「柚葉小姐，妳怎麼會在這裡？」

「喔，我剛剛在看電影啦。」

「妳喜歡看電影嗎？」

聽沙優這麼一問我才想到，我不僅一次也未曾和這孩子聊過這樣的話題，甚至連交談都幾乎沒有過。因為我無時無刻不注意著吉田前輩的關係，意識之中不由自主地隨時都有著沙優的存在。我並不太清楚沙優的為人，而她也同樣對我了解不深。

「喜歡呀。我經常到這家電影院來呢。」

「原來如此……所以才會在這兒呀。」

沙優不斷反覆地連連點頭，一副莫名了然於心的樣子。接著她抬起頭來想說些什麼的時候，表情卻突然僵住了。沙優望向我背後的遠處，身子一動也不動。

就在我介意起來而打算轉身過去的時候，沙優瞬間靠了過來，尋求我的保護。

「咦，怎麼啦？」

沙優不自然地低著頭，語氣略微顫抖地回答我的提問。

「有人在找我，他在妳後面很遠的地方。」

「妳認識對方？」

「……是的。」

妳不想被他發現對吧？——我本想這麼問，卻作罷了。這是因為只要看到她的模樣就知道了，無須特地詢問。

儘管立刻離開這裡才是上策，可是就這麼讓她回到吉田前輩家，結果卻反倒遭致尾隨的話，那也很糟糕。

「那個人感覺會注意到這裡嗎？」

「不……他好像沒有在看這邊。」

沙優隔著我肩頭移動視線望去並如此回應，於是我輕輕吁了口氣，拍拍她的肩膀。

「那暫時把妳藏在我家吧。」

「咦？」

「總之，在被發現之前，我們先移動吧。妳就躲在我後面走。低下頭的同時，要盡量走得自然一點喔。」

忘記是什麼時候，我曾在電影裡看過易容變裝的搶匪，試圖利用此種移動方式躲避警方包圍，於是我把這套教給了沙優。雖然到最後那名搶匪還是落網了，但細枝末節的小事在這關頭並不重要。

就在我們一聲不吭地前往車站並穿過剪票口時，我向沙優問道：

「感覺應該不會穿幫吧？」

「是的……大概。他似乎也沒有追過來的跡象。」

「這樣呀，太好了。我家從這兒搭兩站就到了，暫且先去避難吧。」

「那……那個……」

我們聊著聊著，並要走下月台搭車到離我家最近的車站時，沙優停下了腳步。

反覆欲言又止了數次之後，沙優低聲說：

「謝謝妳……」

掛著一臉極其過意不去的神情所表達的謝意，令我自然而然地流洩出嘆息。

「唉……用不著道謝啦。」

我靠近沙優，拍拍她的肩膀。

雖然她發現有人追來時，會孩子氣又天真地反射性躲在我身邊，可是一旦冷靜下來後，顧慮別人的念頭卻勝過了那個部分。

「但這件事明明跟妳沒有關係……」

「哈哈，的確。」

關於這點，我也如此認為。我根本不曉得那個人基於何種理由在追她。坦白講，就算沙優在那兒被對方抓到某個地方去，也壓根兒和我無關。反倒是吉田前輩當下最為關

心的事物消失，對我而言或許是好事一件……奇怪，我幹嘛要幫助這孩子呢？腦中浮現這樣的疑問，不過我努力將它排除掉了。

更重要的是，我有一句話想說。

「正是因為和自己毫無關係，我才會忍不住不負責任地出手相助呀。而妳也因此可以暫時得救的話，那就好啦。」

聽我如此斷定，沙優霎時間先是愣愣地張大嘴巴，之後才頻頻點頭如搗蒜。

「真……真是謝謝妳。」

她展現出略顯靦腆的笑容，又再次道了聲謝。

我那番話帶有「別放在心上」的意義，以及「往後的事我可是完全不負責喔」的叮嚀。我想她必定接收到了兩種層面的涵義，那樣子告訴她也會比較輕鬆吧。

無論如何，差別就只有是否開口提及。我並沒有對她負起責任來的義務，而且我也絲毫不帶有那樣的打算。倘若事先講清楚可以讓彼此心無罣礙，那麼說出來是再好不過的了。

內心這麼想的我，忽然覺得莫名愚蠢了起來。

我到底是在對誰辯解呀？

發出苦笑的我側眼看向沙優，只見拿出手機的她，凝視著畫面僵住了。她臉上明顯露出了困擾的模樣。

「怎麼啦？」

「啊……沒有……那個……」

目光左顧右盼地猶疑了一陣子之後，沙優才稍稍把手機拿起來。

「我想說……要來聯絡吉田先生一下。」

「那就通知他呀。」

「不，那個……我不曉得該怎麼開口才好。」

她講得實在不清不楚。我掌握不太到她的話中之意，於是歪過了頭去。

「照實寫不就好了？『有人在追趕我，所以我要請偶然碰到的三島柚葉讓我躲在她家裡～』這樣。」

「呃……」

聽完我講的話，沙優仍是傷腦筋地吞吞吐吐。見狀，我才終於恍然大悟。

她是想瞞著吉田前輩「有人正在追著自己」的事實吧？我不明白有何隱瞞的必要，但我也不知道其他還有什麼讓沙優不想聯繫吉田前輩的理由。

不管怎麼樣，畢竟對方是沙優。我想她應該不是基於自私自利的理由，而不願聯絡吉田前輩吧。

我嘆了口氣，拿出自己的手機來。沙優一臉呆愣地看著我的動作。

「總之，要是不通知一聲的話，他又會到處找你啦。」

「說得也是喔……」

「所以，就由我來隨口胡謅一下……」

我打完訊息後，拿給沙優看。

『我要跟你借一下沙優。如果你希望我還回去的話，就到我家來接她。』

看到文章內容的沙優瞪圓了雙眼。

「我來聯絡他好了。前輩知道妳暫時待在我那邊的話，他也能放心吧。畢竟我們倆都是女生呢。」

聽我這麼說，沙優先是困窘地笑了一下，才說：「真的很謝謝妳的幫忙。」

我唉聲嘆氣地送出了訊息。

真的就跟前輩告訴我的一樣。明明傷透腦筋的人是自己，沙優卻淨是在關心別人。這孩子自然而然地做出了有些人即使長大成人也不會做的事。我這不是在出言誇獎，也並非在貶低她。

聽見一道廣播之後，電車開進了月台來。

由於電車車門打開了，我先是等人家下車之後，才比沙優早一步搭上車，並戲謔地對她伸出了手。

「來，公主殿下。」

聽到我這麼說，沙優才露出今天第一個表裡如一的笑容，握住了我的手。

第14話 熱牛奶

「妳喜歡喝咖啡嗎？」

到家後，我讓沙優坐在沙發上，接著拿茶壺裝水，再放到瓦斯爐上點火。

聽我一問，沙優搖了搖頭。

「我不太喜歡苦苦的東西。」

「這樣呀……那喝熱牛奶吧。總之妳最好先喝點溫暖的飲料，讓自己平靜下來。」

沙優一副「熱牛奶就沒關係」的樣子頷首應允，因此我從冰箱裡拿出牛奶，倒入耐熱杯中。接著我把杯子放入微波爐裡，再按下飲料專用的加熱鍵。

雖然建議她喝點溫暖的飲料是很好啦，可是一直到剛剛都空無一人的家中莫名地潮濕，在這種狀態下喝溫的東西感覺會飆出一身汗。我拿起丟在桌上的遙控器啟動空調，設定成「除濕」模式。

我瞄向沙優，發現她有些不自在地縮在沙發角落。也許是我多心了，看起來她連肩膀都縮了起來。我心想：感覺她的個性真的成天都在勞心傷神呢。

聽見微波爐發出聲響，我把杯子拿了出來。杯身的一部分變得奇燙無比，令我不禁說出了一聲：「好燙。」

「妳……妳沒事吧？」

「不要緊、不要緊，因為這台微波爐是便宜貨嘛。」

我一面回應，同時以手勢告訴從沙發上站起身的沙優說「妳坐著就好」，於是她再度有所顧慮地坐了下去。

隔了一會兒之後我戳了戳杯子，發現溫度已經降低到握住也不打緊了。

我把裝有牛奶的杯子，拿到沙發前面的那張桌上去。

「來，請用。」

「謝……謝謝妳。」

當我臉上摻雜苦笑，望著沙優不停低頭道謝時，這次輪到茶壺響了起來。這個時間點真是湊巧。

看完電影後，我無論如何都想喝杯咖啡。拿出自己中意的咖啡粉，在濾杯上頭安裝了濾紙後，把粉倒進裡頭去。

接著我把濾杯放在咖啡儲存壺上頭，再倒一點熱水進去。稍微悶蒸一下咖啡粉後，這次我才緩緩地注入許多熱水。我很喜歡這時候飄散出來的香味。

「啊……」

坐在沙發上的沙優低聲驚呼後，轉頭朝向我這裡。

「好香喔。」

「對吧。」

「雖然我不愛它的滋味……不過這個氣味我喜歡。」

「那真是太好了。」

我們倆的對話就此再次中斷。然而，與其說是「尷尬的沉默」，感覺更像是「彼此不發一語罷了」。我偷偷覷向沙優的表情，發現她看似要比數分鐘之前放鬆了一些。

壺裡頭累積了足夠的咖啡，於是我將濾杯放在流理台上，再把壺中的咖啡倒了一些在自己的杯子裡。雪白的蒸氣緩緩竄起，同時咖啡的香氣再次濃郁地挑動著我的嗅覺。

我吸了一口氣，而後吐了出來。

我拿著杯子坐到沙優身旁。回想起來，這張沙發或許是第一次有兩個人以上入座。原先覺得它一個人坐顯得太大，可是兩人一起坐又感覺有些狹窄。

之後的幾分鐘，我們倆默默地啜飲著咖啡和熱牛奶。

接著，我總算開口說道：

「好像有人在追著妳跑耶。」

語畢，沙優也面露苦笑。

「是耶。」

「我姑且問妳一下。」

我調整著語調拋出問題，避免語出苛責。

「妳應該不是犯了什麼罪才在逃跑吧？」

面對我的疑問，沙優猛烈地左右搖頭。

「我沒有做什麼犯法的事情！只是……」

沙優說到這裡，便開始支支吾吾的。她的目光在地上游移不定，好似在慎選著遣詞用字。即使我等沙優接著說下去，她也遲遲不肯開口。見到她顯然傷透腦筋的模樣，我不禁嘆出氣來。我並不是想欺負她呀。

「我不會過問詳情啦，畢竟吉田前輩已經告訴我大致上的情形了。」

說著說著，我撫摸起沙優的頭。這時她才像是平靜下來似的輕輕吐了口氣，並以幾乎要消逝的嗓音說了句：「謝謝妳……」

我有從吉田前輩那邊聽說粗略的來龍去脈。沙優是從挺遠的地方離家出走而來，好幾個月都沒回家了。這樣的她正住在吉田前輩家裡。

而恐怕是家人或某個關係相近的人，開始追著她來了。她之所以不願意提及，我想

理由一定是因為吉田前輩也不曉得這件事。

「不過呀，不管怎麼樣——」

我摸著沙優的頭，說道：

「既然有人追來，就表示寬限期所剩無幾了。」

由大人的角度來看，可以很輕易地察覺。然而，沙優八成就真正的意義上來說並不清楚。

從立刻注意到追兵這點來看，恐怕沙優也很清楚，有人開始在追查自己的下落了。不然的話，毫無自覺的人根本不可能這麼快就察覺到那個「尚未發現自己，可是正追尋而來的人」。

沙優是在知道某人追著自己跑的狀況下，還那麼悠哉地在購物。不僅如此，她似乎還瞞著吉田前輩這件事。

當事人實在太過缺乏緊張感了。

然而，沙優卻低下了頭，如此回應：

「我明白。」

「咦？」

沙優這句話令我不自覺地發出了聲音來。大概是對我的反應心生疑惑，沙優抬起頭看著我。

「妳真的明白？」

「是的。」

「……不，可是，妳說自己心知肚明，卻那麼悠悠哉哉地在買東西。」

我有注意到自己的話語當中明顯蘊藏了類似於焦躁的情緒，但我卻莫可奈何。實際上我就是感到焦躁。

「因為操持家務就是請吉田先生讓我借住在家裡的條件……無論是什麼樣的情形，我都不能跳過不做。」

「不，現在怎麼想都不是那種時候呀。」

她的回答讓我更加煩躁了。就算不做家事吉田前輩也不會死，而沙優也不會因此被趕出去吧。都到了這個關頭，我不明白她還那麼講究原則的意義何在。

「那妳和吉田前輩之間的關係，妳打算怎麼處理？」

「關……關係是指？」

我感覺自己講話愈來愈快了。

「關係就是關係啦。妳應該很清楚吧？你們倆已經在精神層面上依賴著彼此了呀。忽然遭到拆散，有辦法好好過下去嗎？」

我到底在說什麼呢?把這些話告訴毫無自覺的沙優要幹嘛?我脫口說著顯然沒有必要提及的事情。儘管內心知道卻停不下來。我就是對沒有自覺的她感到一肚子火。

「這個……」

面對吞吞吐吐的沙優，我拋出了更多話語逼問她。

「妳是怎麼看待吉田前輩的?單純當成恩人?又或是戀愛對象?」

我一鼓作氣地如此問道，同時我丟在桌上的手機發出了震動聲響。我咂了個嘴拿起手機，發現是吉田前輩傳了訊息過來。

『呃，現在是什麼狀況?是說，我根本不曉得妳家在哪兒啦。』

我想也是啦，畢竟你對我一點興趣也沒有嘛。

我打開通訊軟體，輸入了自家住址後傳給吉田前輩，接著再次把手機擱在桌上。

在這段期間之中，沙優都不發一語。

「總之，妳是帶有某個目的而離家出走，最後來到吉田前輩家對吧?妳順利達成那個目的了嗎?在毫無斬獲的情形下被帶回家，對於妳的人生，以及在這兒把時間花在妳身上的人而言，是有意義的嗎?」

譴責沙優的話語接二連三地衝口而出，甚至連我都感到驚訝。

這只是佯裝成說教的自我滿足罷了，我心裡頭很清楚。即使如此，我卻無法住口。

我無論如何都無法原諒眼前這個「毫無自覺的人」。

聽聞我的質問，沙優就只是不斷地飄移著視線。她看似當真覺得很困擾，同時也像是在認真尋找著答案。

用不著回答無妨，因為我是明知故問。當沙優還留在吉田前輩家的這個當下，她心中就根本沒有答案，也尚未做好心理準備——這點事情我很清楚。

一想到這裡，突然覺得愚蠢了起來。

我真的是個壞心眼的大人。

「抱歉……妳不用回答也沒關係。」

聽我一說，沙優便露出無法衡量話中意圖的絕妙神情看著我。我臉上浮現出苦笑，接著搖頭說道：

「我講的話有點太刁鑽了。」

我這句話令沙優略顯驚訝地張開了嘴巴。她先是講了一句：「不，沒那回事。」之後像是若有所思似的沉默了下來。

沙優一定以為，我當真是出於親切的心態在對她提問吧。

她真的是個老實的好孩子，同時也很可憐。

吉田前輩是被她這股令人憐憫的感覺給攻陷了嗎？想到這裡，我更加厭惡自己的惡

劣個性了。

桌上的手機晃了一下，八成是吉田前輩回了「我現在過去」這樣的內容吧。視若無睹的我，喝了一口咖啡。咖啡的苦味以及淡淡的香甜芬芳，穩定著我的情緒。

「……妳最好趁冷掉前趕快喝一喝。」

我指著放在沙優面前的那杯熱牛奶說，於是她默默點頭，拿起了杯子。就我個人來說，沒有比涼掉的熱牛奶更難喝的飲料了。

我們兩人又有好一陣子都在喝著飲料，一句話也沒講。

我以稍稍冷靜下來的腦袋思索著。

就像我愛上吉田前輩，開始滿腦子想著他的事情一樣，一度萌生的情感不可能會毫無來由地消失掉。既已誕生的事物，直到死去或被扼殺為止，都會持續存在那裡。

感覺沙優和吉田前輩是以一種「特別的情誼」所聯繫著，這是我和前輩之間所沒有的。那是友情、憐惜之情，抑或是戀愛情感，我無從判別。

然而，他們孕育著此種「特別的情誼」，雙方卻都對此毫無自覺。不僅如此，那段關係明明都快要莫名其妙地結束了，他們卻未試著拚命抵抗或逃避，這點讓我氣得無以復加。

幾分鐘前我還搞不清楚理由，只是一個勁兒地感到憤慨，現在已經不一樣了。釐清了自個兒的思緒後，我逐漸找回了冷靜。

「事後才察覺到就太遲了喔。」

我打破了數分鐘的沉默，開口如是說，隔壁的沙優便把目光對著我。

「我想，對一個女高中生講這種話，妳多半也無法領會就是了。」

實際上，就算我還在讀高中時聽到這些話，鐵定也無法確切地理解話中之意吧。儘管心中這麼想，無論如何都想講出口的我，依然把它化成了言語。

「有些人只有現在才見得到，而有些事當下才做得到喔。」

語畢，沙優一副猛然回神似的稍稍張著嘴，於是我繼續說了下去。

「縱使往後還能見到那個人，屆時或許已經辦不到妳目前想做的事了。」

人們之所以無法想像未來，是因為我們的時間單位隨時都處於「現在」。「現在」是綿延不斷的，驀然回首便會發現時間已流逝了。我們不會曉得現今的心情會持續到什麼時候；現在碰得到的人，不知道哪天就見不到面了。即使事後懊悔著「當時沒有那麼做」，也無可挽回了。

我瞇細眼睛，狠瞪著沙優。

「沙優，妳向自己無能為力的現實做出反抗了不是嗎？妳卯足全力，從死心斷念地裹足不前的狀況中逃出來了不是嗎？」

逃到了這種地方來。

就正常來想，一個女高中生離開父母親身邊活了半年以上，其精神力非同小可。這表示，她是在不惜如此心力交瘁的情形下，從那個無論如何都想逃避的現實中跑出來。許多人儘管覺得生活不如人意，卻未能努力解決，也沒有逃離的體力，就只是逆來順受地逐漸沉淪下去。即使是在同齡者之中，我也認識很多這樣的人。最起碼就我的價值觀來看，沙優遠遠海放了那些人。

我不認為這樣一場視死如歸的逃亡戲碼，可以隨隨便便地落幕。

「妳當下想做的事情，就只有妳自己才曉得。」

聽完，沙優的眼瞳搖曳了一下。

「除了妳之外，沒有人會告訴妳自己的心聲。」

「……是的。」

沙優輕聲回應，並點了點頭。

「既然沒有時間的話……那麼妳必須認真思考當下想做的事為何。」

當我如此斷定後，沙優先是略微濕了眼眸，才低下頭再次頷首。

「好的……！」

見到沙優帶著鼻音應允，我又再度摸了摸她的頭。

低了一會兒頭的沙優，忽然抬起頭來看向我。

「真的跟吉田先生所說的一樣呢。」

「呃？」

吉田前輩的名字突然被搬出來，讓我不禁發出怪叫聲。

沙優掛著略顯羞赧的表情，模仿吉田前輩的語氣說：

「『那傢伙很懂怎麼過生活。她的觀點、思緒、行動都遠遠比我要實際許多，很厲害啊』——他先前曾經這麼透露過。」

「啊……這樣……」

沙優令人始料未及的話語，使我感到臉頰溫度升高了。我都不曉得，原來吉田前輩是這麼看我的。

忽地感覺到視線，我望向沙優後心跳漏了一拍。

她看著我，臉上浮現出的表情令人聯想到「會心一笑」這種情感。而她輕輕皺起的眉頭，似乎散發著哀愁。

望見她的模樣，我感覺好像某種東西連接了起來。

據說沙優也曾見過後藤小姐。若是如此，她應該有察覺到後藤小姐對吉田前輩抱持著相當大的好感。而我和沙優在不知道彼此聊著相同人物的狀況下，在公園裡互相吐露

心聲。換句話說，她明白我對吉田前輩的心意。

這麼一來，沙優就並非對自己的心情一無所知了，不是嗎？

儘管她其實有發現到自己對吉田前輩的感覺……仍然——

「沙優。」

「什麼事？」

聽到我呼喚，沙優自然而然地偏過了頭去。方才那個難以言喻的神情，已經不曉得消失到哪兒去了。

「難不成……」

門鈴在我開口說話的同時響起。

我忽地看向手機，發現畫面亮了起來。

『我到了喔。』

是吉田前輩傳了訊息過來。

「……未免太快了吧。」

他該不會是跑過來的吧——心中這麼想的我走向玄關打開大門。

「……嗨。」

「你來得真快呢。」

果然不出我所料，上氣不接下氣的吉田前輩站在門前。接著他焦急地說道：

「沙優呢？」

「……喔，她在啦。我們倆在車站前面巧遇，想說站著聊也不妥，就請她到我家來玩了。對吧！我說得沒錯吧，沙優！」

我轉過頭去大聲喊道，於是沙優也從玄關看得見的位置探出了頭來，並頷首幫腔說了句：「對……對呀！」沙優和吉田前輩不一樣，用不著特別打暗號也會自然配合我，所以很輕鬆愉快。我尋思：她明明骨子裡就很正直，可是卻很習慣做這種事耶。

我把目光轉回吉田前輩身上，而後心想「唉唉，要是再晚一點回頭就好了」。

前輩這張表情我曾經在電影裡頭看過，那簡直就像是「與摯愛久別重逢的主角」一樣。沙優在吉田前輩心目中愈來愈重要一事，我自認從他的行為舉止中便已經清楚明白了。只不過，像這樣大剌剌地攤在自己眼前，還是讓我覺得很難受。

「……你要進來坐坐嗎？」

縱然我早已明白答案，還是提問了。

「不，我只是來接她的。」

「也是呢。」

我做了個平淡的回應，接著轉身望著沙優那邊。

「熱牛奶喝完了嗎？」

「啊，我喝完了。多謝招待。」

「別客氣……那麼，既然吉田前輩都來了，妳差不多該回家啦。」

「好的，那個……」

沙優站了起來，對我低頭致意。

「今天真的很謝謝妳的照顧。」

沙優這番話令我心中隱隱作痛。

她幹嘛要向我道謝呢？我只是擅自把人帶過來，然後不負責任地講了一些話罷了。

我的心情益發變得愁雲慘霧。

「不會……妳要加油喔。」

我拚命擠出來的話語，就只有這樣。

沙優提著超市的袋子，試圖以單手穿鞋。吉田前輩瞄了一眼之後，便一聲不吭地從

沙優手中拿走了塑膠袋。

「謝……謝謝你。」

「快把鞋子穿上吧。」

我自然而然地從他們之間的對話中別開目光。自然到讓我五味雜陳的地步。

沙優穿好鞋子後站了起來。

「打擾了。」

「不會，再見嘍。」

儘管日後會不會再相見也很難講，不過我還是這麼說了。沙優也帶著笑容頷首，回了一句：「再見。」

「那就明天見啦。」

吉田前輩舉起一隻手看著我。

「啊，雖然我都把住址告訴你了，但你可不能拿來跟蹤我喔。」

「才不會咧，笨蛋。」

「嘿嘿，那麼晚安啦。」

我像是要逃避他的視線般打趣地說著，而後關上了玄關大門。

他們倆步行離去的聲響，隔著門扉傳來。

過了幾秒鐘，當我再也聽不見腳步聲的時候，我的雙腳驟然使不上力，就這麼直接癱坐在玄關。

「……太狡猾了。」

甫一回神，我已經如此低喃著了。

「……到底為什麼呀？這也太詐了吧。」

才想說眼眶一熱，轉眼間淚水便沿著臉頰流下來了。視野整個扭曲了起來。

我喜歡上吉田前輩時，他早已迷上後藤小姐了。這點我束手無策。因為在我進公司之前，他們倆就已經認識，一同相處了好一段時間。我沒有辦法回到那一刻介入其中。那是日積月累的差異，我只能努力由其他地方找到缺口突破——我好不容易才讓自己如此接受了。

這次則是沙優出現了。經歷過一場單單僅是「巧合」的相遇後，他們忽然開始過著與同居無異的生活，而如今吉田前輩的注意力幾乎都放在沙優身上。他對後藤小姐的情意變得模糊不清，同時還擔心起沙優的未來。而我從他的神色之中理解到，他對沙優的情感已經來到和戀愛僅有毫釐之差的地步了。

另外還有一個叫神田小姐的高中友人也現身了。吉田前輩對她投以的視線，和我截然不同。那是看著心儀女子的眼神。

究竟是為什麼呢？

「大家都好詐……奸詐死了。」

奸詐狡猾。

我的心中滿溢著這個詞。

「我也很喜歡前輩呀。我的心意明明就不會輸給任何人……」

好想把這份在心底躁動不已的熱情，以誰都看得見的方式展現出來。

吉田前輩的心意在與我無關之處搖擺著，而那和我的心情絲毫搭不上關係。我一直都在注視著他，可是動搖著他內心的中樞，卻沒有我的存在。

這樣不是很奇怪嗎？

「假如問題不是出在認識的先後……那為什麼我不在其中呢？」

我把話講出口之後，喉嚨便燙得好像要燒起來一般，眼淚也流得很驚人。我抽抽噎噎的，十分難受。

我覺得「事實比小說還要離奇」這句話說得真好。

人與人之間的聯繫，不像戀愛小說一樣有著安排妥當的「伏筆」或「契機」。當中根本沒有明確的理由，就只是自然地互相吸引並銜接起來罷了。

這份事實，對於一個被排除在外的人來說，實在太過殘酷了。

我就這麼坐在玄關嚎啕大哭。

心想：自己這輩子頭一次哭得這麼慘。

第15話 電線桿

當我們從離家最近的車站返回家裡的途中，至今一直呆愣愣地不怎麼說話的沙優，突然主動開口了。

「吉田先生，你現在有沒有什麼無論如何都想做的事呢？」

面對這個突如其來的提問，我歪頭感到不解。

「這是怎樣？」

「你別問那麼多了，快想想嘛。」

無論如何都想做的事——這個問題實在太過籠統了。我再三強調過，自己真的是個毫無嗜好的人，也沒有特別想買什麼東西的慾望。目前的工作本身很有趣，因此我也不太有繼續出人頭地的打算。

即使動腦思索，也想不到什麼了不起的渴望。

「我沒有什麼特別想做的耶。」

聽聞我的答覆，沙優先是輕笑出聲，才說了一句：「這樣呀。」

「啊……」

忽然想到的我開口說道：

「硬要講的話，就是我想睡個一星期左右吧。」

語畢，沙優放聲笑了出來。看來我似乎戳到她的笑點了。

「這是怎樣呀，好沒意義。」

「真是抱歉喔。」

沙優頻頻笑了一陣子之後，驟然指著我的前方。

「那個。」

「嗯。」

沙優拔腿跑到前面不遠處的電線桿前，再回過頭望著我。我想說不知道是什麼意思而仔細端詳著電線桿，接著才恍然大悟。

「我和吉田先生是在這兒相遇的呢。」

「……嗯，是啊。」

沒錯，這裡便是我初次遇見沙優，並且將她撿回家的地方。我瞇細雙眼，回憶起當時的情形。雖說如此，但我那時不但喝醉了，而且事情都過了好幾個月，因此記憶相當模糊。重新在我腦海裡復甦的，只有沙優那張傻氣笑容，以及毫不遮掩的黑色內褲。

「從那之後已經過了很久呢。」

我喃喃說道，於是沙優也面露有些靦腆的笑容，不停點著頭。

當我們不發一語地佇立在電線桿前幾秒鐘之後，沙優輕聲說道：

「我呀，每次都會對其他人報上不同的名字喔。」

聽不懂沙優話中之意，我偏過頭去，她便維持著柔和微笑繼續講了下去。

「每當我跟不同的人借住，都會使用不同的假名。」

喔，原來是這個意思——就在我如是想的同時，回想起從前和「矢口恭彌」之間的交談。這麼說來，他是用「美雪」這個名字稱呼沙優。這表示，沙優是對那小子報出這個名字嗎？

「可是，當你問到我的名字時，我卻脫口說出本名了……連我自己都嚇了一跳。這是為什麼呢？」

沙優瞇起眼睛，回憶當時的狀況說道。我則是愣愣地望著她的側臉。

「剛開始我消極地想說，本名都講出去了，可能沒辦法繼續逃跑了。」

說到這裡，沙優抬起了目光看著我。在頭頂上的電線桿燈光照耀下，沙優顯得莫名夢幻。

「多虧你，我似乎用不著再逃了。」

由沙優口中說出的這番話，明明語氣並不強，聽起來卻格外堅毅。我不清楚那是何種情緒，不過那道爽朗的語調，感覺蘊藏了某種明確的決心。

她確切無疑地試圖要向前走下去。感受到了這點的我在開心之餘，胸口同時也一陣刺痛。

剛剛那句話，該不會帶著「我做好覺悟了，所以打算離開」這樣的意涵吧？就在我如此思索的時候，沙優忽地側眼望向我。

「吉田先生，假如我不是ＪＫ的話，你也會把蹲坐在這裡的我撿回去嗎？」

「咦？」

面對她唐突的提問，我的嘴巴張得老大。

並非女高中生的沙優──我試著去想像，結果無法順利勾勒出那副模樣。在我動腦思考的期間，她依然繼續說著。

「你八成也會收留我對吧。倘若我是粉領族，你是不是就會直接跟我上床了呢？」

沙優說著說著，一副感到逗趣似的笑了。

「我想應該不會吧。」

沙優在我插嘴回應前，先這麼講了。

哪怕是多麼自暴自棄，我也不會和自己不喜歡的女人做愛吧。畢竟我可是連神田學

姊的邀約都拒絕了，這點再怎麼說我都很有信心。

「道理和它一樣。」

沙優語調輕快地說：

「縱使你不是留著鬍子的上班族，我也多半會……」

話說到這兒，她便停頓了下來。她像是猛然回神般張著嘴巴，整個人僵住了。

「嗯，怎麼啦？」

就在我歪頭不解時，沙優有些慌張地左右揮動著手，接著羞澀地笑道：

「沒……沒什麼。」

而後，她揪著我的衣服說：

「回去吧。」

「說得也是。」

我們倆在這個出乎意料的地方耽擱到了。不過，這根電線桿距離我家沒多遠。

我走著走著，同時再度回頭看向電線桿。

對喔，這兒便是我和沙優開始有所交集的地方耶——我先是深切地這麼想，才露出苦笑。明明是個這麼令人難忘的地點，我天天通過的時候卻都沒有放在心上。

我側目偷看身旁的沙優，發現她果然一臉呆愣，卻又面露淡淡的微笑走著。她的模樣讓我覺得有點突兀。

「我說，妳今天是不是怪怪的啊？」

到家之後，沙優就把超市買的食品放進冰箱裡。我在她放到一半的時候開口攀談，於是她便以呆若木雞的表情看著我，接著若無其事地搖頭回應。

「沒有那回事呀。我很正常、正常。」

「是這樣嗎？」

感覺她某些地方異於往常。可是，我也沒辦法明確地以言語說出口，因此決定不再莽莽撞撞地固執己見了。

「不說那個。」

沙優的眼睛頑皮地瞇細了起來。

「你和神田學姊的晚餐吃得開心嗎？」

「妳……妳怎麼會知道是她……」

我的回應讓沙優嘟起了嘴唇來。

「果然是神田學姊呀……我就知道。」

「呃……原來妳在套我的話嗎？」

「用不著問也曉得，一定吃得很開心吧。畢竟你超喜歡人家的嘛。」

「才不是那樣咧。」

我板著臉回答明顯在捉弄我的沙優後，她便咯咯笑著關起了冰箱。

「我現在才要吃飯呢。」

「咦？啊，對喔……妳外出採買食材，就這樣到三島家去了啊。」

那傢伙，好歹給沙優吃頓飯也無妨吧？

沙優彷彿事先猜到了我的想法似的說：

「柚葉小姐有給我喝一杯熱牛奶，所以我沒有飢腸轆轆就是了。不過，感覺我再不好好吃點東西的話會突然餓得發慌，我可以來煮嗎？」

「妳覺得我會說『不行』嗎？吃飽一點啦。」

沙優聽了我的回答後嫣然一笑，之後到盥洗室去洗手了。

在我出門前，沙優顯得前所未有地倦怠，如今行為舉止卻俐落得很不自然。我不認為在這麼短的期間內她的身體狀況會變好，而且她的腳鐵定也還在痛。然而，目前的她卻絲毫沒有展現出那種模樣。這麼一來，會是心境上有什麼樣的變化嗎？

一思及此，我就覺得有些難以釋懷。

假如那是正面的改變倒也無妨，可是她的心情在我渾然不覺時大幅轉變，讓我的情緒有點悶。內心如是想的自己，讓我感到最不可思議。不明白自己湧現出那份情感的理由為何。

忽然從盥洗室裡走出來的沙優，向我問道：

「我煮味噌湯的話你要喝嗎？你是不是吃飽了？」

「嗯，呃……我也來喝好了。我剛吃了一頓油膩的東西，喝點湯也許還不錯。」

「嗯，我知道了。」

沙優爽快地點了個頭，開始拿鍋子裝水。

我茫茫然眺望著手腳敏捷地準備煮湯的沙優，心中果然無法抹去這股突兀感。

搞不清楚這份感覺究竟為何的我手邊閒來無事，於是拿著香菸到陽台去了。

第16話　造訪

感覺門鈴好像在響。

模模糊糊地在我腦中響起的電子音效，使大腦透露出不悅的感覺。雖然音量不怎麼大，卻讓我覺得格外刺耳。

門鈴聲再度響了起來。這次不是「感覺」，我確切無疑地知道它在響。音量聽起來比剛剛更大聲，實在很吵。

當門鈴三度響起時，我的眼睛整個睜開來了。

「啊……？」

我在矇矓不清的視野中尋找鬧鐘。瞇起雙眼看向它，發現時鐘正好指著七點。

「……嘖，是誰啊？」

這麼早，顯然不是陌生人會來按門鈴的時間。沒常識也該有個限度。

一旁的沙優，也發出呻吟聲坐起了身子。

「是快遞嗎……」

沙優口齒不清地這麼說著，使我忍不住笑出來。

「他們才不會在這種時間送件啦……而且我根本什麼也沒買啊。」

我低聲回應後抓了抓頭。

如果是推銷員之類的話，不理他就會自行離去了吧──如此心想的我坐在床上發呆，結果門鈴又響了。

這實在是讓人惱火。

「我去看一下。」

我大步走向玄關，想說要跟對方抱怨個兩句。

「誰啊……你以為現在幾點──」

發著牢騷打開門後，頓時啞然無言。

一名身穿西裝的年輕男性出現在我面前，其身後站著一個體格壯碩的墨鏡男子，明顯做著保鑣那類的打扮。

「……咦，你們要幹嘛？」

面對裝扮顯然非比尋常的兩名男子，我也心生警戒。

「大清早打擾您了。我想說若非這段時間，就沒辦法跟您好好聊聊。」

青年以格外謙恭有禮的口吻說著，而後從懷裡取出名片遞給我。

「敝人是荻原食品的董事長——荻原一颯。」

「喔……」

接過名片的我，內心更加困惑了。說到荻原食品，應該就是那間相當知名的冷凍食品製造商沒錯。這種公司的社長，怎麼會跑到我家來？

當我愣愣地凝視著名片時，忽然聯想到一件事。

「荻原……」

就在我定睛望向這兩個字的瞬間，大腦就醒了過來。我猛然抬起頭，和臉上掛著駭人笑容的年輕社長對上了眼。

「我是荻原沙優的哥哥。」

社長如此清楚明白地說完，表情便倏地一變。他狠狠瞪著我說：

「我是來接沙優的。」

聽他這麼一講，我回過頭去便發現沙優露出一臉茫然的表情呆立在後面。光是這樣，我就知道這個人確實是沙優的哥哥了。

我心想：這一刻終於來臨了嗎？

眼前的年輕社長，便是肉眼明確可見的「逃亡生活時限」。

不知為何，我腦中浮現出沙優的「傻氣」笑容，隨後又消逝了。

後記

初次見面，我是しめさば。

我是個勉勉強強在網路上寫作的人。甫一留神，才知道自己有幸出版第三集，令我戰戰兢兢地寫著這東西。

今年（二〇一八年）的夏天熱得驚人，當我在寫稿的時候也是汗如雨下。之所以會如此，是因為我的房間沒有空調，再加上還有電腦排放出來的熱氣。即使我有開窗、開電扇，進行了最大限度的應對措施，像今年這種氣溫本身就極高的情形，房裡還是會無可避免地變成三溫暖狀態。我把房間沒有空調一事當成笑話告訴責編後，他便以頗為認真的語調回了我一句：「您是在說笑對吧。」這讓我感到挺逗趣，並覺得也差不多該真的來評估一下購買的可能性了。

就在我心想「今年熱成這樣，明年又會變得如何呢」的同時，卻也有種「就算明年跟今年一樣熱，我也不會多麼吃驚吧」的想法。「看了數十年前的報紙才知道，二十八度的日子就會被記載為『酷暑日』了」——這件事在網路上蔚為話題（據說現在要超過

三十五度才會如此稱呼），而縱使發生了什麼驚天動地的事情，那份經驗便會被歸納在眾人心目中名為「理所當然」的資料夾裡。天經地義的狀況會不斷更新，而時代也隨之改變下去……這點令我覺得非常有趣又不可思議，同時也有點寂寞。

希望明年的氣溫能夠再涼爽一點就好了。

好了，接下來要致上我的謝詞。

首先要感謝W編輯，在這集當中也支援著我這般緩如牛步的撰稿工作。真的很謝謝您平時的關照。不過，我覺得這次向您謝罪的次數，比平常還要來得少，算是有點進步了。

接著，衷心感謝本集也以美妙的插畫勾勒出登場人物的ぶーた老師。儘管每集都如此，透過編輯大人收到插畫時，我還是會感到很興奮。

還有比我更認真閱讀內文的校對人員，以及和出版事務相關的所有人，我由衷感謝各位。

最後是購買了第三集的各位讀者朋友。都是託了大家的福，我才能持續出版後續集數。真的十分感謝。如果不嫌棄的話，還請各位見證吉田等人的故事到最後，那將會是我的榮幸。

但願我所寫的故事能夠再次和各位邂逅，同時容我結束這篇後記。

しめさば

本田小狼與我 1~2 待續

作者：トネ・コーケン　插畫：博

機車 × 少女
蔚為話題的青春小說獻上第二集！

季節交替，南阿爾卑斯山麓所吹的風日漸變冷。凍僵的手指、難以發動的引擎、令肺部凍結的逆風以及積雪的道路——小熊和同為機車騎士的禮子，一同向季節的考驗挑戰。此時同班同學惠庭椎開始在意起小熊……少女與機車既嚴峻又快樂的冬天即將揭幕！

各 **NT$200/HK$65~67**

因為不是真正的夥伴而被逐出勇者隊伍，流落到邊境展開慢活人生 1 待續

作者：ざっぽん　插畫：やすも

「快樂愜意的藥店經營」、「與公主的甜蜜生活」，沒有得到回報的英雄將展開美好的第二人生！

英雄雷德跟不上最前線的戰鬥，遭到隊友賢者屏除在戰力外，被踢出了勇者隊伍。他搬到邊境地區居住，還準備開一間藥草店，就這樣抱著興奮期待的心情過日子……然而此時，身為昔日夥伴的公主忽然找上門來!?

NT$220/HK$73

目標是與美少女作家一起打造百萬暢銷書!! 1~2 待續

作者：春日部タケル　插畫：Mika Pikazo

當菜鳥編輯正為天花新作的插畫家傷腦筋時
總編卻安排天使與惡魔比稿大對決!?

清純開始幫天花完成的愛情喜劇小說物色插畫家，此時未曾謀面的總編卻幫他介紹了兩位插畫家來比稿，一位是超人氣、溫柔善良、長得正又準時交稿，宛如天使的大咖插畫家陽光小姐，另一位卻是跩個二五八萬且作畫品質不穩定的歪凶魔……

各 NT$200~220/HK$65~73

國家圖書館出版品預行編目資料

刮掉鬍子的我與撿到的女高中生 / しめさば
作；uncle wei譯. -- 初版. -- 臺北市：臺灣角川,
2020.02-
　面；　公分. -- (Kadokawa fantastic novels)
譯自：ひげを剃る。そして女子高生を拾う。
ISBN 978-957-743-556-9(第3冊：平裝)

861.57　　　　　　　　　　108021214

Kadokawa
Fantastic
Novels

刮掉鬍子的我與撿到的女高中生 3

（原著名：ひげを剃る。そして女子高生を拾う。3）

2020年2月24日　初版第1刷發行
2021年5月12日　初版第5刷發行

作　者：しめさば
插　畫：ぶーた
譯　者：uncle wei

發 行 人：岩崎剛人
總 編 輯：蔡佩芬
編　　輯：邱瓈萱
美術設計：宋芳茹
印　　務：李明修（主任）、張加恩（主任）、張凱棋

發 行 所：台灣角川股份有限公司
地　　址：105台北市光復北路11巷44號5樓
電　　話：（02）2747-2433
傳　　真：（02）2747-2558
網　　址：http://www.kadokawa.com.tw
劃撥帳戶：台灣角川股份有限公司
劃撥帳號：19487412
法律顧問：有澤法律事務所
製　　版：巨茂科技印刷有限公司
ISBN：978-957-743-556-9